홍시 먹고 뱉은 말이 시가 되다

구술채록·엮은이 박병윤

동상이몽 東上二夢 / 시인의 마을

"할머니! 저 또 왔어요."

"오늘은 또 뭣 땀시 왔어! 지난번에 야그 다 혔는디."

"할머니! 오늘은 할머니의 부모님 이야기 들으러 왔어요."

"그 야그 혈라믄 석 달 열흘 전쟁통 야그부터 시작혀야여."

100세 되신 백성례 어르신을 찾아가서 듣고 또 듣고…. 이렇게 반복하고서야 비로소 어르신에게 여러 편의 이야기를 받아 적을 수 있었습니다.

면장이 직접 발품으로 구술채록하고 엮어내는 과정은 쉽지 않았습니다. 여러 출판사에서 함께 하자는 제안이 들어왔지만 한정된 시간 속에서 낯선 사람들이 억지로 끄집어내는 이야기가 아니라, 가슴 속 깊이 맺힌 어르신들의 구구절절한 사연들을 직접 담고 싶은 마음에 일하는 틈틈이 발품을 팔았습니다. 어르신들이 마음을 열 때까지 마냥 기다리고, 마침내 이야기 보따리가 풀리면 같이 웃고 울어야 했습니다.

코로나19가 몰고 온 사회적 거리의 비좁은 간격을 넘나들며,

동상면 주민들이 가슴에 묻어 두고 삭혀 온 이야기를 차곡차곡 담았습니다.

동상면 사람들은 과거 8대 오지라 불릴 만큼 척박한 산촌의 삶을 짊어지고 살아야 했습니다. 전쟁통에 고향을 버리고 피난을 가고, 또 동상·대아댐 공사로 집터를 버리고 이주해야 하는 힘겨운 시절을 견뎌내야 했던 곳입니다.

살아 계신 어르신들이 겪은 전쟁과 고된 삶, 그리고 귀촌해서 멧돼지와 싸워 나가는 농사꾼의 후일담, 가난한 시절을 살아냈던 고인故人들의 발자취, 고향 떠난 분들의 구구절절한 사연까지 한데 모아 시詩로 엮고 보니 가슴이 먹먹합니다.

다섯 살 채언이부터 100세 백성례 어르신까지 말문을 열어주신 주민들과 귀한 글을 보내 주신 출향인 작가, 동상면 거주 작가들께도 고마운 마음을 전합니다.

고향 홍시감을 먹다 톡톡 뱉어낸 구구절절한 사연들은 이렇게 시詩가 되었습니다. '동상이몽'을 꿈꾸며 엮은 이 시집의 주인공은 바로 완주군 동상면 주민 모두입니다.

동상면장(시인·시조시인) 박 병 윤

차 례

▬

2부   호랭이 물어가네

3부　　　　　다시 호미를 들다

4부　　문필봉에 뜬 달

5부   고향에 그린 수채화

6부 마을이 시詩시柿로 물들다

서평   출간에 부쳐

일러두기

1 • 여기서 '동상이몽東上二夢'이란 동상면의 두 가지 꿈을 말합니다. 두 가지 꿈 중 첫 번째 꿈은 '동상 100년 역사 찾기'이며, 두 번째 꿈은 '동상 주민 예술가 되기'를 뜻합니다.

2 • 이 책에 수록된 글은 2020년 8월부터 12월까지 완주군 동상이몽東上二夢 사업의 일환으로 진행된 구술채록採錄한 주민들의 시와 작가, 출향出鄕 인사, 기관 등 다양한 계층의 시詩를 수록하였습니다.

3 • 이 책의 내용은 동상면 지킴이로 또는 붙박이로 살아오신 원주민의 구술이므로 말맛을 살리기 위해 전라도 토속언어인 사투리를 살려 씀으로써 국립국어원 맞춤법·띄어쓰기 규정과 다소 차이가 있을 수 있습니다.

. . .

홍시 먹고 뱉은 말이

시가 되다

* * *

감 따는 풍경

사진 | 故 이기선

· · ·

동상면 대아호

사진 | 황재남

* * *

그림같은 대아호 풍경

사진 | 황재남

동상
이몽 東上二夢

시인의 마을

1부

홍시 먹고 뱉은 말이
시詩가 되다

100세 할머니의 기도

백성례 | 입석

맨날 맨날 기도혀요

나라가 잘되라고
기도허고

대통령 잘허라고
기도허고

정부도 잘허라고
기도허고

아들딸 며느리도 잘되라고
기도혀요.

백성례 어르신

100세 할머니의 소원

백성례

암것도 바랄 게 없고
그냥 그냥 웃고 살지

아들딸 걱정할까
아플 것도 걱정이여

아,
팔십 먹은 할매들도
치맨가 먼가 잘 걸린댜

나도 안 아프고
영감 따라 후딱 가는 게
소원이여.

공출과 도적질

백성례

큰아들을 뱃속에 가지고 일본놈들 땀시 고생 지긋지긋혔지
스물넷 먹어서 큰아들을 낳았는디
내가 백 살잉께 지금 큰아들이 살았으면 칠십일곱여
동네 사람들 붙잡아 가고 감춰둔 사람들 찾아내라고
주리를 틀고 일본놈들이 그 지랄을 혔어

일본놈들이 곶감도 공출혀 가고 나락도 공출혀 가고
나락 모가지 몇 개 시여서 모가지 숫자 계산혀서
한 마지기 얼마 계산혀서 공출해 갔당게
저기 성불 꼭대기까정 길을 내 소나무를 다 벼 갔당게

금방 또 6·25사변이 터졌지
빨치산들이 들이닥쳐 닭도 잡아먹고 소도 잡아먹고
집도 뺏어가고 옷도 뺏어 입고
낮에는 아군이 돌아다니고 밤에는 빨치산이 난리를 쳤지
난리를 두 번이나 겪었어

모집도 많이 가고
영감도 이북으로 모집당혔는디
도망 나와서 살았당게

그랑께 평생 영감과 함께 살 수 있었지.

자운영꽃 눈물

백성례

전쟁 난리 때 내가 소양 너머 공덕에 피난살이할 때 애기를 포대기로 등에 업고 우리 아버지 어머니 백순필 이성녀를 찾으러 동상면 수만리 입석을 갔지 아버지 어머니가 죽었는지 살았는지 몰라 무작정 찾으러 나섰는디 우봉 골재를 넘어가는디 태극기를 짊어진 군인들이 앞서가는디 밤에는 빨치산이 우봉산에서 나와 꽹과리를 치고 노래 부르고 사람들 다 죽인다고 혀서 군인들과 함께 재를 넘어 동상면 수만리로 왔지.

수만리 입석에는 귀골산에 돌을 모아서 쌓은 곳이 있었지 아무래도 어머니 아버지가 그곳에 숨어 있을 것 같아 산을 간다 하니 군인들이 낮에는 우리가 지키니 걱정 말고 가보라고 혀서 산을 올라갔지 돌이 있는 귀골산에 올라가 보니 돌무지가 있었고 학교가 불타고 남은 함석때기로 돌 사이를 틀어막은 그곳을 파헤치니 세상에 뼛골이 드러난 어머니 아버지가 밥도 못 먹고 죽어가고 있었지 그 돌무지 속에 숨어 있었지 사람 보이기만 하면 무자비하게 죽이니 숨어 있었지.

물도 못 먹고 밥도 못 먹고 죽어가는 어머니를 우리 남편(유성배)이 업고 내려왔고 아버지는 몸을 잡고 부축혀서 내려왔지 어머니를 업고 와서 논밭에 내려놓으니 죽은 송장처럼 축 처진 어머니가 자운영꽃 속에 파묻혀버렸지 아버지는 그 옆에서 어머니를 바라보았지 지나가던 군인 하나가 시퍼런 책보에 싼 주먹밥 하나를 줘서 시얌에 가 깨진 바가지에 물을 떠 와 바가지에 그 밥을 꾹꾹 말아서 어머니 입에 한 입 넣고 아버지 입에 한 입 넣어드렸지 어머니는 채 삼키지 못한 시얌물, 눈물이 죽죽 흘러 자운영꽃을 적시었지 천지에 자운영꽃이 활짝 피어 있었지.

영감 땡감

백성례

늘어진 콩깍지가 마당에 널려 있던 날
서릿발 맞고서 백발머리 서성이지
고구마 순 자락에 핀 된서리에 한숨 쉬지

도리깨질 타작으로 콩대 깻대 후려치고
벼 나락 홀태 날에 발 구르며 훑어내니
석양에 물든 가을밤 굽은 삭신을 뉘었지

감 망태 끌고 가던 산자락에 올라서니
영감 땡감 한 망태를 지게 바작에 퍼부었지
힘겨운 등짐살이도 홍시처럼 익어갔지

영감 산자락에 묻은 지 수년 지나
백 살에 초승달 허리 이마 주름 뒤덮는데
왜 어찌 날 안 데려가요이
제발 후딱 데려가소, 영감.

감칼

백성례

호롱불에 콧물 눈물
손등으로 닦아내시고

자식들 북두칠성처럼
콕콕 박힌 모진 사연들

도려낸
땡감 자국같이
닳고 닳은 한평생이지라.

백성례 어르신의 감칼

어머니의 백 번째 생신

유경태 | 입석

우리 어머니는
나를 아직도 애기로 바라보시고

우리 어머니는
나를 아직도 물가에 내놓은 아이로 바라보시고

우리 어머니는
옛날 살아온 이야기보따리 풀라 하면
날밤을 새도 다 못 하시니

저 고생한 사연들
체기滯氣처럼 얹힌 한恨
삭이고 또 삭이면서 살아오신 어머니

언제나 맑고 고운 마음만
홍시감 씨처럼
톡톡 뱉어내시는 울 어머니

어머니의 파란만장한 속마음을
누가 알런가

어머니의 백 번째 생신날

어머니
건강허게 오래오래 사시랑게요.

자기 본심本心을 지키는 삶

장영선 | 학동

한국전쟁으로 교회가 모두 불타버렸지
선교사가 만든 천막에서 예배를 드렸지
동네 모두가 살아온 집들이 다 불에 타버렸지

나룻배를 타고 아이부터 어른까지 그 먼 길을 걸어
손에 손으로 벽돌을 날라다 지금의 학동교회를 지었지

세상에 나와서 산간벽지에 살지만
신앙이 마을 사람을 단합시키고
어려움을 극복하는 힘이 되었지

지역에 봉사와 하나님 섬김으로
이웃과 더불어 사는 것이
가장 큰 축복이지.

나, 빨치산 토벌 지대장이라우

오영만 | 밤티

1950년부터 1953년까지
동상면은 빨치산을 섬멸한 곳
잔당殘黨들이 마을을 점령하여
3년간 민간 학살과 약탈을 일삼았지

내가 사봉리 대부산 지대장으로 있었고
사봉리 묵계 논밭에 숨어 있는데
모래봉재를 지키던 대원들이
빨치산에 다 총살될 위험에서
나봉화 대장이 용감하게
모래봉에 총을 쏘고 몰고 가서
대원들을 살렸지

시골에 가면 옛날 오줌항아리가 집집마다 있었지
그 오줌통의 하얀 이끼를 긁어다가
아군들이 총 쏘고 버려진 탄피를 주워다가
하얀 오줌 이끼를 실탄에 발랐지

실탄을 탄피에 넣고 싸리나무로 콕콕 쑤셔 넣어
그 총알을 쏘면 총알은 멀리 나가지도 않았지
따꿍따꿍 소리 나는 총으로 주민들을 위협했지

빨치산!
빨치산!
그 악랄했던 전쟁의 피로 얼룩졌던
그 시절의 아픔을.

쌈 잘하는 놈

오영만 | 밤티

왜정시대 때

사봉리 2학년 간이학교를 마쳤고
신월리 4학년 마재학교를 다녔지

당시
요시무라 교장이 내 나이와 비슷한 아들을 데려와
함께 공부를 하였는데,
그 아들놈이 어찌나 한국 애들을 패대는지
그놈 참 고약 중 고약한 놈이었지

참다 참다 하루는 분한 마음에
그 자식을 죽어라 쥐 패버리고
나는 요시무라 교장한테 죽도록 맞았지

교장이 나만 보면 손가락질하며 하던 말,
"겡까도리 주하찌방"

쌈 잘하는 놈이라고,

지 자식새끼 쌈질하는 건 괜찮은지!

내 원통하고 분한 마음에 나뭇가지 죽창 맹글어
맥없는 맨땅에 대고 콕콕 쑤셔댔었지.

하늘도 울었다

박종린·배창렬 | 시평

주먹밥 한 개씩 옆구리에 차고 어둠을 뚫고 작전 명령이 떨어졌다
1953년 녹음이 짙은 어느 날
빨치산 생포자 박영택을 앞장세워 동상면 공비들의 은신처인
신월리 구수 장군봉을 향해 진격하였다

주민을 학살하고 집을 불태우고
짐승들과 옷과 먹을 것을 약탈해 간
장군봉 빨치산 토벌 작전,
조 아무개와 잔당들이 숨어 있던 토굴을 에워싼 뒤
온 산천에 총성으로 울려 퍼졌다

생포하라 생포하라
어찌 그놈을 그냥 죽일 수 있단 말이냐
여기저기 생포의 메아리가 울려 퍼졌으나
조 아무개는 다리에 총상을 입고 도망가다 결국 사살되었다
빨치산 앞잡이로 동상면 주민들 학살과 약탈을 주도한
용서받지 못할 조 아무개

국군 후방 소탕 작전에 교묘히 살아남았다가 사살된
거물 빨치산 조 아무개

악질 중 악질이었던 원수 놈의 목을 톱으로 잘라
밀가루 흠뻑 처발라 푸대에 담아 지서에 가지고 갔다

빨치산에 희생된 주민 유족들이 지서에 찾아와
대성통곡을 하며 원수의 얼굴 보기를 요청하자
지서 정문 옆 담장 위에 잘린 목 올려놓고
오전 내내 분통의 손가락질을 받고
오후에 경찰서로 보내졌다
그날은 동상도 울고 산천도 울고 하늘도 울었다

얼마나 원통하고 절통하면 그놈의 목을 베어
그의 손에 죽어간 동상면 주민들의 통곡이 벽을 세웠을까
두 번 다시는
이 땅에 전쟁의 아픔이 되살아나서는 안 될 것이다.

『빨갛게 멍들었던 땅』이라는 제목으로 6·25 전쟁 직후 있었던 동상면의 아픈
역사 이야기를 박종린·배창렬 공저로 만든 글을 받았다. 후손에게 언젠가는
알리고 싶었던 아픈 역사이다.

매운탕 맛을 알어?

인정식 | 산천

밭뙈기 시래기,
겨울 찬바람 그늘에 말리고

살 한 점 없이 쪽 빠진
시래기의 사박거리는 숨소리
대아저수지 물그림자를 적시고

수몰된 고향을 먹고 자란
붕어, 메기들은
토실토실 살을 찌우고

매운탕에는
고향의 추억을 칭칭 감은 시래기
물고기가 서로를 얼싸안고
보글보글, 짜글짜글
한 세월의 맛을 우려내고 있지
손님들은

그 맛을 손맛이라 하지만

우리는 동상면 사람들의 피와 살맛이란 걸 다 알지.

막걸리 맛은 말여

김호성 | 원신

동상저수지 안에
주조장을 묻었고
4학년 초등학교를 묻었지

과거를 묻고
오늘 막걸리를 빚고 있지

청정 자연 도가니에 익어가고
전통이란 혀가 먼저 간을 보고

시큼 딸따름 달달하고
텁텁 새콤 까칠한 맛,

남들이 이 맛을 알까
수백 잔 먹어야 이 맛을 알지

머니 머니 해도

주전자로 퍼마셔야 제맛이지

막걸리는 말여,
감을 깎고 표고버섯 재배하고
산에 들에 밭일하면서
배고픔과 고달픔을 달래던
농주農酒여.

호시호 好柿虎

유재룡 | 용연

옛날 외딴집에
할머니가 우는 아기를 달래는데
호랑이가 나타났다 해도 울음을 안 그치더니
곶감 있다 하니 울음을 뚝 그치더라

호랑이는 그걸 보고
나보다 무서운 게 곶감이구나
아이가 좋아하는 게 곶감이구나

우리 집 벽에 '호시호'란 간판 하나 걸어놓으니
사람들 옴서 감서 한 번씩 다 바라보며
저게 무슨 말이요 물어보는디

우리 동상 고종시는 씨 없는 감이지
홍시감 땡감 역사책을 펼치는데
나라도 우리 감 지켜내고 알려야지 그게 농사꾼이 할 일이지
이놈의 감 얘기만 나오면 내 입이 브레이크가 안 걸리니,

내 평생 살아오면서
용연에서 마당목까지 산골짜기 수백 주 감나무를
자식농사처럼 애지중지 키워왔지
박사는 저리 가라
내 몸 뼈마디 묻어서 배운 산지식이 박사지

가을은 붉고 하늘도 붉고 감도 붉고 인심도 붉었지.

곶감 철학

유재룡

심산계곡 나무들이 뱉어낸 낙엽이 썩어
감나무에 유기질 거름이 되었지
산자락 계곡 해발 500미터 고지대
물 빠짐이 좋은 자갈밭에서 자라야지
조상들은 슬기로웠지
야생 고욤나무에 접을 붙여 고종시를 만들었지

깊은 산속에 수백 수천 년 쌓인 토엽이라
새도 먹고 짐승도 먹고 사람들도 먹는 풍요로운 과실이지
큰비가 내리면 빗물에 거름이 흘러 감나무 뿌리를 적시고
감은 탱글탱글 몸집을 키워냈지

잘라내는 고통으로 접을 붙인 감나무가 튼실한 열매를 맺고
웃자라는 가지 순을 전정해야 다음 해 감은 굵게 더 잘 열고
유기질 천연 거름 밥 먹고 자란 감은 더 품격이 있고
언제나 배고픈 허리 졸라매도
훈훈한 까치밥 남겨 놓은 정이 있었지

붉은 햇살에 붉은 곶감 서리가 내리면
감쪽같은 달달함이 온몸에 배이지

동상면 사람들이 어깨에 멘
감 한 바작이 어디 그냥 감이더냐

고통을 이겨내고 삶의 품격을 곶감으로 발효시켜내고
정을 뿜어내는 그런 인생살이 한 보따리 지고 가는 꽃짐이라.

전국 최초로 유기농 곶감 인증 1호 보유자로 '곶감박사'로 불린다.

사진 | 故 이기선

삶터

김정환 | 구수

흐르레기 돼지막골 절터골 해골바우 폭포소
어둠에골 구수골 오리방죽 안바랑골
바깥바랑골 즘터 금바장

장군봉 가족이지요

감투봉 장군봉 삼정봉 성봉
비석거리 비들목골 노루골
굴바우 돼지방죽 마당목
장수목 장재 도토리골
먹골지기 감나무골
밤목리 바람골
도둑골
안골
큰골

내 삶터, 놀터, 싸움터지요.

. . .

멀리 보이는 장군봉

장군봉

김정환

푸른 하늘을 호령하며
늠름한 기상으로 우뚝 솟아난 장군봉

하늘이 빚은
그 산
그 바위
그 골짜기들

미로처럼 뻗어난
계곡 능선 숲들이
어디 그냥 숲이더냐

수천 년의 역사는
골골마다 스며들고

수 세기의 아픈 사연은
꽃대들의 잔 숲으로 덮어버리고

순응하며 살다 가신 우리네
조상님들 들꽃으로 겸손히 피어난 산

아침에는 찬란한 햇빛을 뿌려주고
석양에는 지는 해를 배웅한다
밤이 되면 별빛 달빛을 호령하는 그런 산.

우리 아버지는요

김정환

호랭이가 모래를 뿌려도
해골바위에서 코를 골며 자고

빨치산이 습격해서
총으로 갈겨대도
다른 어르신들은 튀어나오다 돌아가셨다는데
아버지는 그냥 누워 있다 살았다지

참으로 무던하신 아버지
저 장군봉마냥 든든하셨던 우리 아버지.

• • •

저 장군봉마냥

든든하셨던

우리 아버지

감 따기의 진화

김정환

대나무 전지로 감 따던 그 시절
굴삭기로 감 따는 지금
앞으로는 드론으로 감을 딸까?

망태기 영감탱이

백남인 | 입석

대나무 감 전지*로 쿡 찔러 뚝뚝 꺾은 감
주르르 대를 내려 좌우 접어 자른 감

망태기 한가득 담아 "망태요!"
수건 두른 할매, 지게 바작에 쏟는 감

쿡 찔러 땡감
감 전지 사이로 홍시감
할망구 머리 위로 떨어지는 물개똥 감

저놈의 영감탱이 또 시작이네
구시렁구시렁하니

까치 녀석 지 밥 다 따간다고 지랄 떠는.

* 감을 딸 때 쓰는, 끝이 두 갈래로 갈라진 대나무 막대.

여뀌

김형순 | 구수

참 곱다

붉은 사과처럼
참, 곱다

내
젊은 청춘

저 바닥으로
채운 삶

황혼에 그린
텃밭.

. . .

붉은 사과처럼

참, 곱다

후/일/담 **잉어**

밑동을 잘라낸 상처 피골로 새순 틔우고 나이테마저 적신 핏자국은 썩어도 죽지 않고 소쩍새는 자식 대신 곡소리로 노래하고 부엉이도 슬피 울어 보름달 눈 퉁퉁 부어 목쉰 뻐꾸기 소리 메아리가 대신 울었지.

총성과 칼집으로 창을 내고 도려낸 살점들, 서북 간 하천 괴비소 야산 덜강에 피멍이 낭자하니 이 잔악한 학살의 현장, 이 서러운 원한의 넋이여. 누구의 소행인가. 누구를 원망하랴.

분단의 아픈 상처 채 아물기도 전에 할아버지 부모님이 돌아가신 그 자리가 대간수로 수몰지역으로 내몰렸지.

한을 먹고 살을 먹고 토실 자란 잉어 떼가 하늘 높이 뛰어올라 물 파도가 출렁이는 꽃봄. 영혼들의 몸부림, 하늘 승천 염원이라고 동네방네 두 손 모아 빌고 또 빌었다오.

1965년 저수지가 만들어질 때 지서, 학교, 면사무소, 교회, 마을이 물속으로 사라졌다. 빨치산 앞잡이 노릇을 하던 조 아무개와 공산당 인민위원회가 동네 어르신들을 괴비소 돌무지에서 총칼로 잔인하게 학살한 그곳도 이제 영원히 물속으로 묻혀 버렸다.

빨치산 토벌대장 나봉화

공公은 정이 넘치며 정의로운 일에는 물불을 가리지 않고 앞장서는 성품이다. 6·25 한국전쟁 때에는 공산당에게 빼앗긴 고향을 되찾는 공적이 탁월한 분이다. 그 공적을 높이 치하하여 6회의 포상을 받았다.

1950년 10월 소양면 화심에 주둔하고 있는 치안대에서 1951년 동상면 치안대(전투대)원을 인솔하여 공비 섬멸작전에 앞장서 큰 성과를 거두었다. 전투 중 왼쪽 어깨 부위에 관통상을 입고서 상처를 치료한 후에 계속 소탕작전을 전개하여 빨치산을 섬멸하는 데 큰 공적을 남겼다.(故 나봉화의 묘비와 최귀호 前 면장 구술 인용)

1950년 6월부터 1953년까지 동상면은 빨치산의 마지막 잔당까지 섬멸했던 피비린내 나는 역사의 현장에서 할아버지 할머니 부모님 이웃들이 총칼에 죽어나간 파란만장한 사연들을 어르신들은 모두가 가슴속에 꼭꼭 쟁여놓고 사셨다.

어르신들은 말했다. 두 번 다시는 이 땅에 전쟁이 있어서는 안 될 것이라고. 그러면서 부모, 자식, 처가 죽임을 당한 가족들이 자발적으로 구성한 치안대는 동상면 역사에 있어 길이 남을 인물들이며, 마을마다 지켜온 지대장들의 업적 또한 그 공이 크다 할 것이다.

구술채록을 하면서 만난 나봉화의 묘비와 백남식, 정찬주, 배창렬(배홍렬의 형), 오영만, 이덕범, 백성례 등의 이야기는 나중에 더 큰 역사 자료로 집대성이 필요하다.

. . .

피로 얼룩졌던 그곳은

물에 잠기고

사진 | 황재남

시인의 마을

2부

호랭이 물어가네

경로당 수다 1
못 먹어도 고고

경로당에서 10원짜리 고스톱을 치고 있다

이놈의 할망구 뭔 뜸을 들인당가
아, 후딱후딱 치랑께

알았당게

스톱 스톱 스토옵!

비풍초똥팔삼 광박 피박에 독박까지
워메, 클나부렀넹

어디 보자
'고' 할까 '스톱' 할까
에라이
못 먹어도 고다, 고고고~

저놈의 여편네 귀신을 삶아 먹었나
무슨 귀신 씻나락 까먹는 소리

아, 아까 '스톱' 혔잖여

맞어, '스톱' 혀놓고 무신 놈의 '고'여
이건 파토*여, 파토

맞어, 이건 파토 나가리랑께
나가리 나가리!

호랭이 물어가네, 에이, 다 나가부러, 니미랄
담부턴 저놈의 여편네들허고 다시는 고스톱 치나 봐라.

* '파투'의 전라도 방언. 화투 놀이에서, 잘못되어 판이 무효가 됨. 또는 그렇
  게 되게 함.

경로당 수다 2
개 팔자 상팔자

텔레비전에 개 목욕을 시켜주는 장면이 나왔다
개 팔자 상팔자네그려

내 평생 열여덟 살에 시집와서
우리 영감탱이 내 등글짝
한 번도 안 밀어줬는디

저놈의 개새끼는 먼 복을 타고나서
조석으로 씻겨주고
머리까정 빗겨준다냐

에이, 이놈의 영감탱이를 그냥….

경로당 수다 3
주님의 뜻

아, 저 건너 최씨 할망구
맨날 새벽 기도는 빠지지 않고 가는디
한번은 얼음판에 미끄러져 허리가 부러졌지

아, 근디도 혼자 살면서 그렇게 말려도
하루도 안 빼고 새벽 기도 간다는디
저러다가 클나겄어

아, 봉사단체가 와서 천정에 도배해주고
쌀 20키로 세 가마를 주고 갔다는디
그 사람들 뒤통수에 대고 그랬댜

'주님 감사합니다. 이렇게 채워주시니 감사합니다'

할머니!
이 도배하고 쌀은 주님이 아니라
자원봉사단체에서 주는 거예요.

경로당 수다 4
자슥들 속 안 씨기고

정지문 열고 새복에 부엌으로 들어가믄
찬바람이 흙벽돌 사이로 솔솔 파고들어왔지

솔가지 참나무 삭정이 걷어다가 군불을 때면
그때사 아랫묵이 노글노글해지고
양은 밥상에 영감하고 자식들 여덟 놈까지 열 식구 두 상을
차리면 해는 중천에 떴지

그 여덟 놈 똥기저귀 다 빨아서
젖 먹여 키웠지

핵교 보내놓고
하루 죙일 산에 가서 일허다 오믄
등골이 오싹오싹 삭아들어갔지

밤에 불을 때고 자면
영감탱이가
아이고 삭신이야 아이고 삭신이야
끙끙 앓으면서 자는 걸 보믄

안쓰럽고 딱혔지

영감탱이 하늘로 가부렀어도
여덟 자슥들 속 안 씨긩게
지금까정 살았지라.

경로당 수다 5
물이 좋아서 그려

아, 동상면이 인물이 참 많은 동네랑게
옛날 먼 대사가 인물이 많이 나오는 고장이라고 혔잖여
신문에도 나왔드만

저쪽 심씨 집안 아들은 서울대학 나와서 검사지 검사
지금 저기 정부에서 높은 곳에서 일헌다잖여
그라고 저그 윗동네 아저씨는 아들들이 다 의사랴
아, 그라고 저그 장로님댁 아들은
서울에서 좋은 대학까지 나와서 유명한 목사님이랴
아, 공무원도 많이 나오고 시인도 많이 나오고
저기 이사 온 아저씨는 식구들이 다 한의사랴

아, 그게 다 여기가 물이 좋아서 그려

아, 물하고 사람하고 먼 관계가 있당가

아, 척허믄 알아들어야지
저 할망구는 맨날 따져싸
그렇다면 그런 겨.

* * *

아, 그게 다 여기가 물이 좋아서 그려

사진 | 황재남

* * *

족두리도 한번 못 써본 게 원통허지

경로당 수다 6

불알만 차고

열여섯 살에 소양에서 동상으로 시집왔지
삼대독자에게 시집와서 아들 여섯에 딸 하나를 낳았지
전쟁 통에 소반에 찬물 떠놓고 절 한 번으로 끝났지
족두리도 한번 못 써본 게 원통허지
고생혀서 등이 초승달같이 굽어부렀지
불알만 찬 남편은 빚만 졌고 애들은 지들이 알아서 컸지
남편은 젊은 나이에 세상을 떠나고 고생 징그럽게 혔지
그리도 아들들이 잘 커서 외국도 보내주고 비행기도 태워주고
우리 아들들 우애허고 며느리도 하나같이 얌전하지
자식 자랑 며느리 자랑, 할라믄 끝이 없지라
내가 사주팔자를 봤는디 말년에 덕을 보고 산다는디
그 말이 맞는 것 같여.

경로당 수다 7
거시기가 거시기

개골창에 거시기 혀부러서
구닥다리 드럼통 한 개 걸어 놓고
닥나무를 쪄서 푹푹 삶아대는디

짐이 모랑모랑 피어나는 것이
하따! 꼭 옆집 오씨 양반 오줌 쌀 때 나는
짐맹키로 겁나게 촐래방구 떨도마이

낭중에 거시기 껍따구는 깡그리 벗겨지고
노로꼬롬 속살만 드러나는디
하따! 거 참 미친놈 볼기짝만치나
노랗게 거시기 허더랑께

아따! 오씨 양반 오줌 싸는 거 봤당가
본 거맹키로 야그허네

봤지, 봤응게 거시기 허잖여
하따! 껄쩍찌근허게 거시기 야그 고만 좀 허고
싸게싸게 집이나 가드랑께

경로당 수다 8

알아야 면장이지

왜놈 등쌀에 힘든 세월을 보냈고
해방이 되어
두 다리 쭉 뻗고 살라 혔드만

빨치산이 들어오는 바람에
할아버지 아버지 다 돌아가시고
우리만 남아서 사는디

전쟁 끝나고 편히 살라 혔드만
또 저수지를 틀어막는다고 혀서
전답 고향 물속에 다 버리고 나와서
여태 살아왔는디

나이 먹어서 갈 날만 남았고
고향은 누가 지키고 살까 걱정여

이웃도 있고
공기도 좋고
늙어도 고향이 있어 좋고

이곳에 뼈를 묻어야겠지

저그 백성례 어르신이 백 살인디
돌아가시기 전에 꼭 그 어르신
살던 이야기나 한 보따리 풀어내봐
돌아가시면 다 없당게

면장이 시인이랑게
어른들 말 다 받아 적어봐
우리는 까막눈이라 나이 먹어서 암껏도 못 헌당게

'알어야 면장이지'
면장이 옛날 것도 알어야, 앙 그려?

. . .

전쟁 끝나고 편히 살라 혔드만

또 저수지를 틀어막는다고 혀서

전답 고향 물속에 다 버리고 나와서

여태 살아왔는디…

사진 | 황재남

경로당 수다 9
눈꾸녁도 고자여

아, 나이 먹어서
동네 앞에도 못 나가는디
어디 가서 글을 배운당가

글 배운다고 댕기는 할망구는
몸이라도 성헝게 다니겄지

시방
요양원 다니고
병원 다니는 할망구가 쌨어

아, 성경 말씀도
이제는 녹음뒹게 듣기만 허믄 되야

어차피
나이 먹어서 눈꾸녁도 고자여.

경로당 수다 10

양촌리 커피

빽마다암?
'양촌리 커피'로다가 한 잔 주시요이!

내가 시방 다방 아가씨도 아니고
맨날 커피 타믄
빽마담 **빽**마담 허는디
그놈에 **빽**마담 소리 좀 그만허랑게

아, 그라고
그놈에 양촌리는 입에 붙었당가
'전원일기' 끝난 지가 언진디
지금도 양촌리 양촌리 혀싸

눈꾸녁으로 보랑게

'맥심 모카골드
맥심 카노~ 카노'

건강이 최고지라

이기순 | 원신

밥 잘 먹고
똥 잘 싸고

하나님
잘 믿고 살믄

그것이
최고 건강이여.

막걸리 같은 인생

이인구 | 원신

밭에서 일허고
막걸리 한잔
쭈~욱 들이키는 맛 알어?

딸 셋
아들 넷
칠 남매를 키우면서
고생혔지만

막걸리같이 구수허게 살었지라!

우리
아들들 참 착혀라

막걸리 같은
아들들이지라.

병 안 걸리는 법

심옥수 | 원신

남들을
사랑허고

마음을
평안하게
허고 살믄

병이
왔다가도
그냥 가부러!

길

송은영 | 시평

갈림길에 서 있다

오른쪽 길로 갈까
왼쪽 길로 갈까
손바닥에 침을 퉤 뱉어
가르마를 타고 갈까

한번 가면 돌이킬 수 없는 길

가기 전에
한번 더 깊이
생각해봐야 할 길.

고개 숙인 벼

김명옥 | 신사봉

쪽정이는
고개를 숙이지 않습니다

익은 벼는
고개를 숙입니다

고개 숙인
타향살이 우리네 삶,
고향 어르신을 찾아뵈는 아름다운 명절.

자업자득

김명옥

멧돼지가
고구마 밭을 망쳤다고
사람들이 한숨을 쉬는디

멧돼지
뒤돌아서 하는 말이
뭔지 알어?

지들은
산속 도토리
다 주워 가면서….

멧돼지

이 덕 범 | 밤티

콩밭을
매놨더니

멧돼지가
뒹굴어서
콩 모가지가 다 부러졌다

어렸을 적
구루마에 나무를 싣고 가다가
산자락에서 호랭이를 만났는데

이제는
멧돼지가 지랄을 떤다
밭에다
호랭이라도 풀어야지 이거야 원 참.

밤티 쌈터

이덕범

진안으로 가는
보름갱이재는 웅치재, 곰티재와 함께
임진왜란 때 일본놈과 싸움터였다

마을 위에는
막은 댐이 있었고,

진산골 은자골 한적골 방아골
말골 큰골 작은골 밤골

내 어렸을 적 쌈터요
나무를 했었고 내 삶을 이어온 터요
나를 묻어야 할 땅이라.

배롱나무

정정순 | 시평

아빠
배롱나무는
얼마 동안 꽃이 피나요?

100일 동안 핀단다

그래요?
그러면 고향 집 마당에
배롱나무 심어요

왜?

100일 동안
꽃 마당을 쓸 수 있잖아요.

. . .

그래요?
그러면 고향 집 마당에
배롱나무 심어요

농부의 마음

조인철 | 묵계

정성 들여 키운 자식 같은 농작물
폭우로
밭도랑
논두렁
무너져 내릴 때

갈기갈기 무너져 내리고
속이 타는
농부의 마음.

작은 일의 소중함

정영천 | 원사봉

큰 나무는
가지 하나 꺾여도 표시 나지 않는다

작은 나무는
가지 하나 꺾여도 표시가 난다

작은 일에
소소한 일상에
더욱 신중하고 사랑하여라.

꿀 피부

이형순 | 음수

내 신조는
마음 편하게 예쁘게 사는 거지요

동상면 사람들이 다 예쁜 이유가 뭘까요
그 비법이 있지요

곶감에 감식초에
자연을 먹고
맑은 공기를 먹고 사는 덕이지요

진달래꽃 등꽃 칡꽃 필 때면
꽃 냄새 풀 냄새에
흠뻑 취해 살지요

내 피부는
항상 꿀 피부로 살지요.

꽃돼지

김영미 | 거인

1
여보!
추워 죽겠네, 이불 좀 줘
…
돼지야
털 빠졌냐

2
여보!
등 좀 긁어줘
…
우리 꽃돼지
'꿀꿀' 해봐.

곰바위

길영숙 | 은천

감나무 세 주
곰이 사는 굴 하나

그 굴속에 곰들이 살았지요
동네 이름은 곰바위 마을
숲속의 쉼터는 곰바위 산장

그 굴속엔 작은 곰들이 살았지요
학교를 가며 오며 비를 피하던 곰바위
감을 따다 비가 오면 지게 바작 짐 내려놓고 쉬던 곰바위
또 가끔은 오소리, 멧토끼, 멧돼지나 새들도 살았을 곰바위

곰은 본디 능청스럽고 착하고 미련하다 하지요
미련 곰탱이란 말처럼요

우리는 미련 곰탱이처럼 부지런히들 살았지요
부지런하고 성실하고 몸으로 뛰는
그런 곰탱이 같은 삶을 살았지요

곰바위 산장에도
곰이 살지요

부지런한 곰
곰바위.

동상면 사람들

유승정 | 음수

동상면을
하나의 주식회사로 만드는 게 내 꿈입니다

그 주식회사는
내 일과 이웃 일을 함께 하며 살아가는
동상면 사람들 공동체입니다

자연과 같이하고
자연에서 얻어지는 임산물로 살아가고
자연에 둥지를 틀어 살아가는
청정한 생태 공동체입니다

기쁨과 슬픔을 함께 나누고
이웃과 함께 가족처럼 살아가는.

'동상면 사람들'이라는 브랜드로 30년 넘게 유기농 감식초, 감잎차 등을
만들고 있다.

부녀회장

이귀례 | 단지

내가 말이지
칠십 일곱 먹어
가만히 생각혀보니
김장헐 때 김장혀주고
노인 잔치헐 때 잔치혀주고
돈 없으면 모금 혀서 잔치혀주고
시시때때로 장보기 혀서 행사 치르고
축제할 때 나가서 축제 부스 운영혀주고
미역 팔아서 동네 어르신들 잔치혀드리고
헌옷 모아 기금 마련혀서 행사들 치르고
먹거리 혀서 어르신들 여행 보내드리고
부녀회장만 45년 동안 봉사혔는디
시라구 지지고 옥수수 쪄서
부깨미 부쳐 막걸리 받아
하루 죙일 봉사허믄
해는 뉘엿뉘엿
또 한 해가
가분당게

단지마을

방순임 | 단지

한대골 수멍골 작은수멍골 실내봉
막터 초록바골 도치시암 단지재
사목재 진산골 작은 진산골 큰디골
작은디골 봉천지기 성주매기 실내봉
야와지기 무당골 홍동골
모퉁이 정수바위 큰뱅길 작은뱅길

천주교 공소는 한대골에 있었고
한대골은 이해만, 문병철 씨가 살았고
봉천지기 한 집, 홍동골 한 집 살았고
동상저수지 물이 찰 때 이곳으로 이사 왔지.

. . .

동상저수지 물이 찰 때
이곳으로 이사 왔지.

고종시 마실길

김종환 | 다자

위봉폭포에서 출발해
시향정 귀골을 지나면
다자미마을로 내려오는 길

다자미마을에 다다르면
산천 곳곳에 벌건 홍시가
익어가지요

고종 임금에게 진상했다는
고종시는 씨가 없지요
혹시라도 한두 개 씨가 나온다면
그 씨를 심으면

원래 고종시 큰 감이 나올까요
똘감이 나올까요
고욤이 나올까요.

· · ·

산천 곳곳에

벌건 홍시가

익어가지요

후/일/담 **총각김치**

밤티마을 어르신들의 이야기를 듣기 위해 이덕범 어르신 집으로 갔다. 오전 9시 반부터 시작한 대화가 끝이 날 낌새가 보이지 않고 어르신들은 말보가 터졌다. 이덕범 어르신과 사모님은 몸이 성하지 않았다.

동네에서 가장 연장자 어르신의 구술 이야기를 받아 적다가 그만 점심때가 되어, 찬이 없어도 점심 같이 먹자고 상을 차리시는데 그냥 뿌리치고 나오는 건 실례일 것 같아서 함께 점심상을 받았다.

총각김치 한 입을 베는 순간, 놀라웠다. 내가 어렸을 적에도 우물에 김치통을 넣고 먹었던 톡 쏘는 그 총각김치 맛, 바로 토속적인 어머니의 손맛이었다. 오영만, 이덕범 어르신의 살아온 역사 한 페이지가 총각김치처럼 땡글땡글하게 감칠맛이 영글어 입 안 가득 채워주었다.

. . .

우물에 김치통을 넣고 먹었던
톡 쏘는 그 총각김치 맛

시인의 마을

동상이몽

東上二夢

3부

다시 **호미**를 들다

시골 울음소리

박영환 | 밤티

요즘 시골은 애기 울음소리조차
듣기 힘들다 하지요
그런데 우리 집은
나윤이, 채언이 울음소리
앵무새 우는 소리, 고양이 우는 소리
강아지 우는 소리, 당나귀 우는 소리
심지어 매미 우는 소리, 귀뚜라미 우는 소리
온통 우는 소리 천지예요
앞산에는 고라니와 멧돼지 소리까지 들리지요
나는 동물과 곤충 아빠 노릇까지 해야 하니
자식들이 참 많기도 하지요.

만경강 발원지 밤샘이 있는 밤티마을에서 꿈나무체험관찰학습장 열고 있
다. 나윤이, 채언이의 아빠이다.

박새

박영환

굽이굽이 시원始原에서
하늘 날아 박새 되고
뿌리 내려 박새 되니
하늘 충充, 땅 충充
두 충 모두
동상으로

굽이굽이 만경萬頃에서
하늘나라 박새 되어
뿌리 내려 이몽二夢 되어라.

아름다운 길

박지현 | 밤티

남들은 도시의 가로수 길을 걸으며 살지만
나는 밤티마을의 조용한 시골길을 걸으며 살아요
남들은 패스트푸드를 사러 편의점으로 가지만
나는 싱싱한 채소가 자라는 텃밭으로 가요
남들은 가끔 하수구 냄새와 소음 공해를 들어야 하지만
코스모스 향기, 바스락바스락 떨어진 낙엽 길을 걸어요
노을에 길이 붉어지면 나무는 잠시 옷을 벗고
겨울 눈꽃 길을 펼쳐 놓아요.

강아지

박채언 | 밤티

우리 집 강아지 미오는
안아달라고 멍멍멍

우리 집 강아지 딸기는
안아달라고 월월월.

나윤이와 동생 채연이

하얀 눈사람과 썰매

박나윤 | 밤티, 동상초

어디를 둘러봐도 새하얀 눈
나무와 집을 봐도 새하얀 눈

동글동글한 눈사람
새하얀 눈으로 만든 하얀 눈사람
너무나 차가운 눈사람
겨울에만 반짝 보여주는 하얀 눈사람

얼음이나 눈을 타고 가는 썰매
씽씽 달리는 썰매
우리를 재미있게 만들어주는 겨울 썰매.

공기는 달고 맛있지

황에스더 | 학동

남편 따라 시골에 왔지
도시보다 할 일이 참 많지
잡초도 뽑고 텃밭도 가꿔야지

사계절 집 앞엔
그림이 펼쳐지지

창문 밖 하늘을 보면
낮에는 맑은 햇살 하늘
밤에는 별빛 달빛 하늘
매일매일 감사한 하늘

공기는 달고 맛있지
자연의 아름다움에
그저 눈물만 흘리지

저 황홀한 하늘을

내 작은 입으로 말하기
너무 힘들어

하나님
감사합니다.

내 생애 가장 행복했던 순간

송남희 | 시평

내 생애
가장 행복했던 순간은

바로 오늘입니다

오늘
하루하루 행복한,
남편과 아이들과 이웃이
오늘 내 앞에 있기에
행복합니다

당신의
가장 행복했던 순간도 바로 오늘이랍니다
살아 있는 순간이기에.

황혼살이

김금석 | 은천

가만히 보면
화를 많이 내거나
바로 서지 않고 사는 이들이
저세상으로 먼저 가더라

밥값을 먼저 내는 것은
마음을 내어주는 것이고
마음이 바로 선다는 것은
착하게 살아간다는 것이고
그런 친구가 오래 살더라

오래된 친구가 보고 싶어지는 하루
나도 나이를 먹었으니
지들도 나이를 먹었겠지

황혼 길목에 선 나처럼
저놈 감나무도 불그죽죽 주렁주렁 감이 열렸구나

주말에는 사위와 딸들이 와서
감을 따 준다 하니
읍내 가서 갈비에 삼겹살이나
사다 놓아야겠다.

누룽지 맛

김미애 | 거인

누룽지는 참 고소하지
정과 사랑과 인심이지
늘 변하지 않는 깜밥

오도독오도독 고소한 맛
후루룩후루룩 따끈한 맛

누룽지 맛처럼 그렇게
고소하고 따끈하게 살아보세.

엄마의 손맛이 느껴지는 반찬에 또 가고 싶은 시골식당 '산들식당'의 주인
장. 이곳에서는 늘 따끈한 누룽지가 덤으로 나온다.

아들을 낳으려면

전영안 | 다자

다자미마을은
아들을 많이 낳은 동네라 해서
다자미多子美라 불리지

마을에는 아들이 참 많았지
예전에는 한 집에 일고여덟씩 낳았지

아들을 많이 낳고 싶거들랑
다자미마을로 이사 오시요이.

논두렁 썰매장

이기성 | 밤티

우리 어렸을 적만 혀도
봇도랑에 논두렁에
썰매 타느라고 해 가는 줄을 몰랐지

아 그런디 이놈의 날씨가
겨울에도 따숩고
또 어떤 때는 추워지고

날씨하고 여자 마음은
알 수가 없당게

이번에도 밤티마을 논두렁 썰매장을
개장혀야는디
고놈의 코로나가 염병을 떨어서 우짜쓸까요.

아버지의 지게

조인식 | 묵계

산에 올랐지

지게를 어깨에 메고
한 고개를 넘었지

아버지가 네 다발을
지게에 지고 나를 때

나는
한 다발 두 다발 결국
어른이 돼서야 네 다발의
짐을 짊어졌지

내가 똑같은 무게의 짐을 질 수 있을 때
아버지는 무거운 봇짐을 내려놓으시고
저세상으로 떠나셨지
허청에 남은

낡은 아버지의 지게

기름보일러 앞에서
구석 저편으로 밀려 나간
그리움과 추억을 붙잡고
쓸쓸하게 나를 바라보고 있지.

사진 | 故 이기선

오솔길 숲

박문수 | 황조

인적이 끊기면
잡초가 우거져
길이 막힌다

그러나
왕래가 빈번하면
소통과 우정의
길이 열린다.

전원일기

구만옥 | 원사봉

매실나무를 심을까
고욤나무에
감나무 접을 붙일까
호두나무를 심을까

멧돼지는
나무까지 오르지 못할 거니

청설모나
다람쥐 밥만 주면
차라리 안 하는 게 낫고

그냥
다 뭉개고
고사리나 심을까

두더지가 파먹겠지

에라 모르겠다
그냥
놔두자.

두더지와 들쥐의 공생

구만옥

비밀 하나 가르쳐드리지요

두더지가
지렁이, 곤충을 잡아먹으러
구멍을 파고
다니면

그 구멍으로
들쥐가 들어가
땅콩, 고구마를
다 갉아먹는다네요

이런
두더지 같은 놈들,

혹시 알고 계셨어요?

산초 밭에서

구만옥

호랑나비 애벌레가
산초나무 잎을
갉아먹고 자란다네요

나도
산초 기름 짜 먹고
면역력을 더 키울까

산초 밭을 가꾼 지
몇 년째

호랑나비처럼
훨훨 날아가고 싶구나

나이는 한 살 더 먹어가는구나.

고향

구만옥

집

벽에

걸려 있는

어머니의 구구절절 애환哀歡.

앞마당

이 계 옥 | 원사봉

마당에는
장독대 그네 의자

꽃밭에는
맨드라미, 해바라기, 봉숭아, 채송화
호박꽃을 바라보는 천사의 나팔꽃이 잠을 깨면

나지막이 구름이 가렸다 폈다
내 마음 촉촉이 적셔주는 비구름
연석산과 숨바꼭질을 하고 있지

가끔 별이와 씨암탉이 하품하며
같이 놀자고 촐싹거리지.

· · ·

어찌 이리 내 마음이

부자가 되는 걸까요

은행잎

이계옥

아, 황금 덩어리가 널려 있네요

은행에 갔어도 보지 못한 황금 덩어리 여기 있구나

어찌 이리 내 마음이 부자가 되는 걸까요

꽉꽉 채워주는 넉넉한 마음 밭.

까치밥 1

이계옥

동상면의

훈훈한

인심.

까치밥 2

이계옥

예전에는
까치밥이 한두 개만
달려 있었는데

요즘은
까치밥이 잔칫밥처럼
겨울에도 주렁주렁 달려 있네요

인심이 더 좋아진 건지
감 딸 사람이 없는 건지.

황혼 무지개

이 계 옥

아침에 잠을 자고 일어나
연석산을 바라보니
무지개가 피어 있네요

우리 집
해바라기도 덩달아
웃음꽃이 피었네요

남편이
정년퇴직을 하고
돌아온 시골집 마당에
황혼의 미소가 활짝 피어나네요.

자연 밥상

이강현 | 구수

텃밭 배춧잎 노란 웃음이 속으로 차고
피라미 석양을 쪼아먹는 오후를 바라보며

장군봉의 화려한 얼굴을
지붕에 담아 살아가는

구수하고 구수한 누룽지가
가마솥에 익어가는 구수마을에서

나는 오늘도
자연의 밥상을 비비며 살아가고 있습니다.

농부 연습

이강현

봄이다
담장에 꽃들이 방긋 웃는다

텃밭에
배추 무 고추 오이를 심고 나는 농부 연습을 한다

벌레들이 가끔 배추에 달라붙으면
잡을까 말까 마냥 귀엽고
역시 나는 농부보다는 자연인이다

장군봉이 아침마다 나를 물끄러미 바라본다

안녕하세요?

늘 인사하지만 그냥 바라보고
힘들지만 문안 인사로 하루를 연다
올 때 갈 때 지켜봐주고

배웅해주는 이 자연 한 칸을
가꾸며 살아간다

김치에 밥 한 공기를 먹어도
자연이 반찬이 되어주는 곳

새들은 그런 내 삶에 가끔 노래를 불러준다
내일은 이웃집 감도 따 주고 사과도 따 드려야겠다

함께할 수 있는 이웃이 있어 행복하다
가족 같은 이웃, 이웃 같은 자연.

시인의 마을

동상이몽
東上二夢

4부

문필봉에 뜬 달

바보새

오정현 | 연석산 오갤러리

서른두 마리
바보새가 있다

새들은
날지도 못하고
먹지도 못하고
놀지도 못하고
노래하지도
사랑하지도 못한다

내 나이 서른두 살
삶의 의미를 찾았고

내 삶에 서른두 개의
자화상을 그렸다

내 삶은 바보다.

. . .

내 삶은 바보다

세상에서 제일 예쁜 것

오 정 현

하늘에서
제일 예쁜 것은

별이요

땅에서
제일 예쁜 것은

꽃이요

사람에게
제일 예쁜 것은

사랑이라.

봄

오정현

사르르 어느새 찾아온 봄님에
사알~짝 고개 내민 초록 나뭇잎

사르르 따뜻한 봄 햇살에
폴~짝 날아온 작은 새 한 마리

사르르 불어오는 봄바람에
희고 차가운 눈이 녹아드네.

오정현 作

녹슬지 않는 삶

오정현

병들고 아픔이
슬픈 게 아니라

내 영혼이
녹슬어감을 슬퍼하며

칠십 나이 되어서
비로소 작품에
새싹이 돋는다.

오가며

이보영 | 연석산미술관

전주를 지나 동상면 입구에 들어서면
닫았던 창문에 저절로 손이 갑니다

창문을 활짝 열고 맑은 공기를 한껏 마십니다

맑은 공기와 좋은 풍경을 보며 달리다 보면
어느새 계절을 느끼게 됩니다

산을 넘고 마을에 들어서면
홀로 길을 걸어가시는 할머니 할아버지들을
마주하곤 합니다

무슨 생각을 하며 걸어가실까
어떤 바람을 가지고 사실까

그럴 때면 제 할아버지가 생각나네요
건강하게 사시고 소망이 다 이루어지길 바랍니다.

* * *

누가 이 길을 처음 갔을까

사진 | 황재남

그 길

설휴정 | 연석산미술관

곶감밖에는 아는 것이 없었다

어쩌다 인연이 되어 이 길을 오간다
차 속의 음악과 함께하면
그림 속으로 들어가는 것처럼
이 길을 간다

누가 이 길을 처음 갔을까
벼 한 포기 심기 어려운 그 길 끝으로
어떻게 그 길의 끝을 사람 사는 곳으로 만들었을까

그들은
처음부터 길이 있었던 것이 아니라
사람들이 다니기 시작하면 길이 된다는 것을
두 발로 증명했으리라

고통으로 아름다움을 창조하고
믿음으로 희망을 가꾸며.

연석산 오가는 길

박인현 | 연석산미술관

봄이면
연분홍빛 벚꽃
노오란 개나리
화사한 진홍빛 철쭉이 반기고

여름이면
청정한 계곡
짙푸른 녹음
싱그러운 산골 바람이 부르고

가을이면
씨 없는 동상 곶감
눈부신 단풍 행렬
눈 시리게 파아란 하늘이 유혹하고

겨울이면
발가벗은 나무

천연 박물관인 수려한 산세
하얀 눈꽃 세상이 날 설레게 하네.

결

권구연 | 연석산미술관

바라보고 계속 바라본다
나무와 잎의 사이
창과 바람의 사이
살갗과 공기의 사이
제자리에 있는 모든 사물들은 사이의 결로 흔들리고
엉켜 붙으며 아무도 모르게 움직이고 자라난다
그것들이 모르게
그리고 조심스럽게 거슬리지 않게
조용히 바라보는 것이 내가 할 수 있는 유일한 사치이다.

세상은

강영옥 | 입석, 소울갤러리

세상은
나그네 쉼터
나그네 여행길

당신도 나그네
나도 나그네

잠시 왔다 가는 곳

그저
부끄럽지 않게
잘 놀고
잘 쉬었다 갑시다

인생은
나그넷길이라는
노랫말처럼.

태어나기 전 그곳

강영옥

과거의 고향
나 태어나기 전
그곳으로 돌아갈 것을
너무 서러워 말고
너무 두려워 말자

부처님 말씀 따라
아름다운
꽃을 찾아 나는
나비 되어
다시 태어나든
하느님 세계
천당 길에 오르든

생을 얻어
육신의 몸으로
태어나기 전
내 고향

슬픔도 고통도 없었을
그곳으로
돌아가는 것을
그리 두려워 말자

이생의 남은 삶
편안하게 맞이하고
섭리에 따르는
힘을 가져보자
모든 생명은
자연으로 돌아가는
단순한 진리를
기억하며 살자
그저 다른 이들 마음
아프게 말고
즐거운 마음 담아 살아가자

이 생의 삶이
보람 있고 행복했다고
말할 수 있도록
편안한 마음으로
나 태어나기 전 그곳으로
돌아갈 수 있도록.

창가의 아침

김영두 | 용연

바람 오는 창 사이로 가져가
정성스레 우러난 녹차를
어둠이 반쯤 사라진 하늘 보며
그늘진 찻잔에 입술을 댄다

후닥닥 앞으로 달려 나가도
아침 해로 흩어지는 어둠은
간신히 보도블록 밑에 갇히어
어린 풀잎 뒤로 숨는 걸 본다

마주 보이는 강가 저-기에서
시간이 한참 움직이지 않자
길쭉한 붉은 해가 멋쩍은 듯
물안개 먹으며 창가로 온다.

산수유 길

김영두

산수유 껍질을
비늘 조각으로 만든 추위도
지난밤 밀려온
봄기운에 버거웠던지
아침 봄비 따라
조그만 가지 뒤로 숨었네

바람에 설렌
방울방울 노란 꽃 무더기가
옹기종기 모인 추위를
마중 가는 긴 햇살처럼
타다닥, 봄을
길 따라 먼저 두드리네

꽃향기들이 견주듯
여기저기 수줍게 찾아온
이 길은

선홍빛 열매 물고 간 어머니가
이젠 봄이 왔다고
살포시 내 귓불에 말하네.

강가로 간 민달팽이

김영두

땅을 또닥거리며
내리던 비는
오래전에 줄 그은
흙을 따라
숨소리 내며 가더니
집 마당 장독대에
잠시 멈추어버린다

장독 밑에 있던
민달팽이는
새어 나온 빗물에
몸을 적시며
햇살 피해 앉더니
축축한 길 쭉 긋고
큰 돌 하나 넘는다

고둥 껍데기 찾던

민달팽이는
어머니만 알았던
거기, 달팽이 집
등에 힘주며 집 달팽이처럼
먼 강가를 향해
지금도 기어가고 있다.

가을 한쪽

김 영두

큰 붓으로 휘저은 듯한
서쪽 하늘 모퉁이에
검붉은 해가
지평선을 저울질한다

구름 사이로 내비치는 노을빛은
여름 장맛비로 지친
빛 바랜 도시 거리를
저편 수확 마친 논과 밭을
더욱 스산하게 만든다

길쭉한 저녁노을 맨 끝
옹기종기 모여 있던 바람이
뜰 앞 공터 마지막 남은
국화 꽃잎을 지나칠 때면

옆에 늘어선

앙상한 나뭇가지는
찾아올 하얀 눈을 기다리면서
차디찬 바람과 속삭인다.

• • •

대아호의 가을

사진 | 황재남

행복의 씨앗

최경자 | 은천

창문 커튼 사이로 날이 밝아오면
이른 새벽 꿀잠을 털고 산책로로
발길을 옮긴다

산골짜기에 찾아오는 여명의 아침
선선하게 불어오는 바람

영롱하게 들려오는 새소리
구색을 갖춘 듯 계곡 사이로 흐르는
물소리는

바쁘게 살아가며 길 잃은
내 마음의 여정의 길을 안내하듯
평화로움을 느끼게 한다

자연이 주는 교훈일까
산길을 걷다 보면 욕심은 덜어지고

마음이 가벼워진다

호흡을 할 때마다 들어오는 아침 공기
마음을 정화시키는 듯 상쾌하다

사랑할 상대를 찾는 새소리
더 가깝게 들리며 행복을 느끼게 한다

사랑은 눈물의 씨앗이 아니고
행복의 씨앗이 아닌가

모든 걸 내려놓은 듯 발걸음 가벼워지고
좁은 가슴 활짝 펴진다
자연은 언제나 내 마음의 고향이다.

옹달샘 아침

최경자

동지섣달 겹겹 산속 은천골 기나긴 밤
뒤척이며 지새다 찾아온 아침

눈을 비비고 방문을 나서는 순간 찬바람이
따갑게 얼굴에 부딪치며 정신을 깨운다

숲속 새들도 은천골 자연도 숨죽인 듯
적막이 흐르는 고요한 아침

계곡에서 들려오는 졸졸졸 흐르는 물소리
살아 숨쉬는 자연의 숨소리로 들려오고

산날맹이 외딴집 앞 가로등은 샛별처럼
나뭇가지 사이로 반짝이며 나를 먼저 반긴다

물 고인 웅덩이 얼어붙어 산속 겨울의 정취를 풍기고

깊어가는 겨울 힘들고 어려운 세상!
마음만은 넉넉하고 따뜻한 세상이 되었으면.

겨울 서정

최경자

눈이 내린다

앞산 청량하던 새소리 사라졌다
졸졸 흐르던 도랑물 소리 멈춰 섰다

쌓인 눈속 어딘가에 숨은
멜라초의 쓴맛이 그리워진다

구들방 미로를 후비는
장작 연기 산골 서정을 품어낸다

도화지처럼 펼쳐진 하얀 세상에
웬 발자국 하나 해 너머로 달아난다

누구의 발자국일까

하얀 만장을 펼쳐낸 설산의 하루

보름달 샛별 따다 처마 끝 고드름에 걸어놓고
오늘 저녁은 구들장에 고구마나 구워 먹어야겠다.

내 고향 집 바매기

국승구 | 밤목리

장군봉이 마을을 지키고
반딧불이가 마당을 밝혀주고
호롱불에 글을 읽고
밤하늘의 별들을 무대 삼아 고무신을 적시던
빗방울에 눈물을 담고, 마음을 담고
그렇게 그렇게 살았던 우리 동네 바매기

찔레 순 꺾어 달달한 마음 함께 나누던 동네 깨벽쟁이들
한여름 미역 감던 호남정맥 성봉 자락 도랑에는 볼멘 가재들만
조용하고 쓸쓸한 고향을 지키고 있네

개망초 핀 산자락
칡덩굴로 감싸버린 고향 마실길, 산, 들, 묵정밭에
추억처럼 떠다니는 옛 동무 그림자
금방이라도 튀어나올 것만 같은데
하늘의 별은 아직도 그대로 쏟아지고
보름달도 고향 집 처마 끝에 내려주는데
확독에 뉜 낮달조차 고향이 그립다고 눈물을 채워가고

정지문 여는 소리, 밥상 들고 들어오던 어머니 소리
가을밤 추억을 밀고 당기는 귀뚜라미 울음소리
내 마음 더욱 외롭고 슬퍼지는 마음 한구석
주름살 서너 개, 흰머리 실타래가
고향 바람에 흩날리는 황혼의 길섶

다시 찾은 내 고향 바매기, 장군봉 마을 앞산이
언제나 가는 길을 배웅해주고 서 있네.

다시 찾은 내 고향 우리 동상면

이승철 | 향토연구가

1

새재 넘어 구불구불 물머리 들어서니
안검태 아득한데 발가락이 부르트고
장구목 겨우 지나 용연 앞 지나려니
아~아~아~아~아~ 배가 고팠다
아버지와 작별한 길
어머니가 주저앉은 땅바닥
나는, 나는 자동차로 쏜살같이 달려간다
소리 없이 처와 함께 달려만 간다
다시 찾은 내 고향, 우리 동상면

2

밤재 넘어 꼬불꼬불 원사봉 들어서니
신월리 멀고 먼데 발바닥이 부르트고
묵정밭 훌쩍 지나 묵계 앞 지나려니
아~아~아~아~아~ 눈이 내렸다
아버지와 이별한 길

어머니가 통곡하던 산자락
나는, 나는 자동차로 달려간다
소리 없이 에쿠스로 달려만 간다
다시 찾은 내 고향, 우리 동상면

3
산성 넘어 헐떡헐떡 폭포 앞 들어서니
다자미 내 집 먼데 발꿈치가 벗겨지고
지향동 감덕 지나 선돌 앞 지나려니
아~아~아~아~아~ 비가 내렸다
아버지가 반겨준 길
어머니가 안아주신 동구 밖
나는, 나는 자동차로 달려간다
소리 없이 아들딸과 달려만 간다
다시 찾은 내 고향, 우리 동상면.

시인의 마을

동상
이몽
東上二夢

5부

고향에 그린 수채화

홍시

수만댁

1
감 깎기가 한창일 때

볏단 뭉치 차곡차곡 쌓아놓은 논두렁
감 덕장에 서리가 서리서리 내렸지
소나무 삭정이 관솔불에 늦가을 저녁이면
하나둘 도시 자식들이 죄다 모여들어
감 깎느라 온 동네가 노랗게 물들었었지

일찌감치 시골살이 접어두고 떠난
큰아들, 둘째 아들놈, 딸까정 다 모여
고달픈 도시 생활을 털어놓는 밤이면
감을 깎는지 아픔을 도려내는지
칼에 섬뜩 날이 섰지

가끔,
짓눌러진 홍시가 땡감 속에 묻어 오면

홍시 반 설움 반 눈물로 받아 먹었지

2
감 덕장에 붉은 감이 주렁주렁 매달리고
도시로 돌아가는 자식들을 배웅할 때

참기름, 들기름 바라바리 싸 주면
주름살 톡톡 배인 내 손을 꼭 잡고
꼬깃꼬깃 푸른 배춧잎을 꼭꼭 쥐어주던 큰아들

홍시를 잘못 먹었나?
헛기침 눈물을 애써 닦으며 내달리던 딸년을
멀리까지 바라볼 땐
그냥 내 가슴 언저리가 홍시처럼
붉게 붉게 무너져 내렸지

면장님!
썹빠지게 고생헌 이야기라서
이 글에 내 이름 넣지 마요!
자슥덜 고생헌 얘기 별로 안 좋아헝께.

고향의 향기

오경표 | 밤티

좋은 아침입니다
감잎차 한잔 마시며 고향의 향기를
음미하고 있습니다

상큼한 향이 모락모락 코끝에서
맴도는가 싶더니

내 깊은 심장에 포근히
안겨옵니다

이 행복한 순간이
저 푸른 산을 넘어
고향까지
전해지길 빌어봅니다.

낭만 가도

나동현 | 밤티

설악산보다
아름다운 곳이 있다면

밤티재와
대아저수지 환상의 드라이브 길

가을 단풍을
보라

하늘은 발갛고
강은 붉게 물들어

연인들의 가슴, 입술에
붉은 사랑 붉게 물들어

11월의 어느 멋진 날에
단풍잎, 별잎들이

가을 치마 청바지에 흩뿌리면
네 사랑 내 사랑 별처럼 쏟아지는

가을 나라 황홀한 불빛 세레나데

동상 가을이 익어가는 길.

배롱나무 이야기

최귀호 | 거인, 前 동상면장

　화무십일홍花無十日紅과는 달리 오래도록 핀다 하여 '백일홍나무'라 하였고, 정명은 '배롱나무'입니다. 백일홍은 백 일 동안 꽃이 핀다 하여 붙여진 이름이며, 꽃이 붉어 '자미화紫薇花'라고도 불립니다. 중국 황제가 좋아한 나무로 조선시대에 양반 가문에서 귀하게 심은 나무라고 합니다. 7월부터 9월까지 계속 붉은 꽃이 피어나니 다른 꽃보다 오래가기에 조경수로 귀한 대접을 받습니다.

　1960년대 초 故 배충직 면장과 최귀호 前 면장 재임 시, 신월리 신성마을(명지목)에 있는 나무를 행정복지센터에 옮겨 심었습니다. 꽃말이 '부귀'를 상징하기에 부귀와 영화를 누리며 행복하게 잘사는 고장으로 발전하기를 소망하고, 다른 꽃은 쉬이 지나 배롱나무꽃은 여름부터 가을까지 100여 일간 피우기에 면민화합과 번영을 기원하는 마음에서 이 나무를 심었습니다.

　100여 년의 수령을 자랑하고 있어 '동상면의 수호목'으로 든든하게 이 자리를 지키고 있습니다.

시인과 벼루와 물과 산

동상면의 지명 유래

최귀호

선비들이 시를 지어 읊었다 하여 시평詩坪
벼룻돌이 나온다 하여 연석산
지식인이 많이 살고 있다 하여 사봉詞峰
먹과 벼루와 관련 있다는 묵계 먹바위 벼루소
문인들이 나온다는 문필봉文筆峰
어질고 큰 인물이 나온다는 거인巨仁
새 달이 뜬다 하여 신월新月
용이 승천하였다 하여 용소龍沼
주먹으로 쥐어 먹을 만들었다 하여 검태檢太
지초가 많이 자생한다 하여 단지丹芝
무학대사가 정수바위까지 물이 찰 것을 예언한 정수바위
무학대사가 묘지를 잡아준 최씨 명당 터
마을 뒷산에 선돌이 있다 하여 입석立石
산에 학이 서식했다 하여 학동鶴洞
아들을 많이 낳는다 하여 다자多子
목마른 말이 갈증을 해결하는 갈마음수 음수동飮水洞
산속으로 물이 숨어 내려간다 하여 은천隱川

산속으로 물이 내려간다 하여 산천山川

동상면은 문인들의 고장이요
시인들의 고장이요
벼루와 먹이 흐르는 선비들의 고장이요
큰 인물이 많이 나오는 고장이라.

용연과 용마골의 설화

최귀호

원신마을과 용연마을 중간 지점에 용소가 있고
용소 뒷산이 용마골이며 마을 이름은 용연이라

용소는 용이 승천하였다 하여 용소라 하고
용마골은 용연마을에 가난한 농부가 살았는데
아기를 낳고 생활이 어려우니 산후 조리도 제대로 못하고
부부는 들에 나가 일을 하고 집에 돌아와 보면
일하러 나갈 때 뉘어 놓은 자리에 아기가 있지 않고
항상 다른 곳에 있었다

하루는 부부가 일을 나가는 척하고
문구멍으로 방을 들여다보니
아이가 방 안에서 날아다니는 것이 아닌가

부부는 아이가 범상치 않은 것을 알고
아이가 장차 커서 역적이 된다면 삼족을 멸할까 두려워
아이를 다듬잇돌로 눌러 죽게 하였다

아기가 죽은 3일 후에
마을 뒷산에서 말 울음소리가 났고
마을 주변을 헤매고 다녀도
용마의 주인이 나타나지 않자
말은 지쳐서 용소 뒷산에서 죽고 말았다

그 후
산 이름은 용마골
마을 이름은 용연
용소 안 골짜기를 용못안이라
부르게 되었다.

못다 한 정

김진갑

못다 한 정
어쩌려고
또 봄은 오는가

꽃 피는 남산
잎 피는 서산
아지랑이는 동상

봄 오니 더 서럽고
밤 깊어 눈물 어리네

말 듣고 정 주면
그립지 않으련만

어인 인생의 서러움이
이리도 기나긴지

못다 한 정

어쩌려고

또 봄은 오는가.

故 운산 김진갑 선생의 저서 『비가 오나 눈이 오나』 수록 시

운산 김진갑

어머니

김진갑

십리 길 따라 나오시며
잘 가라시던 어머님
그래도 못 잊어
또 한 번 다시 한 번
뒤돌아보시던 어머님

복호정 백일기도
날 낳으시고
동지섣달 얼음물에
목욕재계하시고
정화수 바치어
자식 무사 빌으시던 어머님

배고플 땐 좋은 음식
두고 두어 먹이시고

몸 아플 땐
'내 손이 약손'이라 어르시며

애간장 태우시던 어머님

불면 날아갈세라
놓으면 깨질세라
한세상 자식 생각에
백발이 성성한 어머님

아버님 젊어 여읜 서러움을
깊은 밤 호롱불에 태우시고
베올에 날으시어 달래시며
감추이신 어머님
그 은혜 높고 높아라
그 은혜 높고 높아라.

故 김진갑 선생의 저서 『비가 오나 눈이 오나』 수록 시

좌우명

김 진 갑

하나님을 경외하는 것은
나의 신앙이고

사필귀정의 진리는
나의 신조이며

하면 할 수 있다는 생각은
나의 집념이다.

故 김진갑 선생의 기념비 글

남촌에서 화풍이 불어

김진갑

남촌에서 화풍이 불어 봄기운이 완연하니
향기론 봄소식에 님 그리는 정 간절하네
만나지 못한 님은 어느 곳에서 찾을거나
눈물로 달래며 돌아가는 나그네로다

푸른 산 맑은 물 흐르는 소리와 더불어
옷을 다 벗어버리고 물속에 들으니
내 속의 더러운 마음을 시냇물에 다 씻어버리고
돌베개를 베고 자는 낮잠의 꿈속에 님 그리네.

故 김진갑 선생의 시를 김초엽 우체국장이 서재에서 찾아 수록

운산회심 雲山懷心

김 진 갑

날을 것 같은 사나이의 포부를 알지 못하니
장부의 속마음을 정할 곳이 없도다

산 같은 기백으로 사자같이 소리쳐보아도
야에 묻혀 있는 나를 그 누가 찾을 것인가

민주 사회가 온다고 하여
보통 사람을 자처하여 나섰더니

님 그리는 정이 미치지 못하니
물질 만능의 세상이 한스러울 뿐이다.

故 김진갑 선생의 저서 『비가 오나 눈이 오나』 수록 시

186

시柿

김초엽 | 동상우체국장

시인詩人이 나보고
시를 쓰란다

어떤 시를 써야 할지

이런~ 시!
씨 없는 고종시柿.

시인은 나에게 시詩를 쓰라 하지만 나는 동상면의 고종시 감나무 시柿를 쓰고
싶은 마음. 故 김진갑 의장의 자녀로 감식초를 개발하고 고종시의 유래를 엮
어낸 아버지를 생각하는 마음으로 씀.

비가 오나 눈이 오나

김초엽

"나는
농촌운동가요, 교육가요,
동상면을 사랑하는 애향인愛鄕人이다."

동상고등공민학교를 설립하셨고
동상우체국을 설립하셨고
동상 감식초를 개발하셨고
동상면을 사랑하셨다

비가 오나
눈이 오나
동상면을 걱정했고 지역 발전을 고민하셨다

운장산에
떠가는 저 구름을 바라보며 염원하셨다

늘
내 고장이 잘되고

내 부모와 자식들, 동상의 아들딸들이
잘되기를 소망하셨다

아버지는
인간 상록수이셨다.

아버지인 故 김진갑 선생의 저서 『비가 오나 눈이 오나』를 읽고 쓴 시

만경강

박병윤 | 동상면장

호남정맥 골짜기
샘물이 하늘에서 내려왔다

그 샘물은
고종시 두레시 벼 양파 마늘 생강 대추 딸기 들녘 텃밭에
단맛 속살이 배이고 배여 꿀맛으로 호남 터를 개장한다

그 샘물은
수천 년 도랑과 강줄기 정수리에 뼛속 깊이 박힌
조상들의 사연들 골골 배이고 흘러 삶의 터를 적시었다

그 샘물은 한때,
경거망동한 왜 등쌀 수탈의 뱃머리 노 저음질에 뺨을 맞았고
웅치전투 죽창 괭이 낫으로 맞선 골골에 살점 찢긴
핏물에 젖어도 총칼에 굴하지 않고 지켜온 염원念願의 땅,

가난한 농부라도
사지가 멀쩡하고 부지런한 손놀림에 곡간이 쌓여가고

단지, 가진 자의 힘에 굴복하지 않아도 되는 그런 강

역사는 오늘도
마을과 마을 앞산과 뒷산 논두렁과 밭두렁
골짜기 산천 평야와 내 집 앞마당에도

말없이
샘물이 되어 강으로 흐른다.

동상면 밤티마을에 있는 만경강의 발원지, 밤샘

폭포가 전하는 말 1
아픈 것 다 뱉어라

박병윤 | 동상면장

파란만장을
죄다 쓸어내리는
저 폭포수에 소리쳐라

아~ 아~ 아~

뱉어라, 톡톡 뱉어라
그대 아픔과 욕심과 거짓을

보이는가

나락으로 떨어져도
병들지 않고 흐르는 저 질긴 폭포수를.

위봉폭포는 완주군 동상면 수만리 산 35-4번지에 위치한 폭포로, 위봉마을
골짜기에서 발원한 물이 동상면 수만리를 거쳐 만경강으로 흐른다.

. . .

위봉폭포

사진 | 황재남

폭포가 전하는 말 2
벼랑에도 봄이 오네

낭떠러지
벼랑 끝 바위 틈새
저 나락의 땅 붙잡고도
오밀조밀 살아가는

저 풀꽃들
저 나무들
저 이끼들을 봐요

그대의
벼랑 끝에도
저리 봄날이 올 거예요

걱정 말아요.

폭포가 전하는 말 3

가장家長으로서

비바람, 눈보라
번개 치는 밤이 올지라도

매서운 물줄기를
두 팔로 보듬은 저 바위
든든한 가장家長의 모습을 보라

그대는
아내와 자식들
형제와 이웃을 위해

어떤 가슴을 품었나요?

폭포가 전하는 말 4

어머니

어느 날 돌아가신
어머니를 그리며 한 여인이
폭포수 앞에서 대성통곡을 하였지

가마솥에 끓이는 된장국 냄새가
온 동네를 적시던 겨울밤
마지막 밥상을 차리시고
초가삼간 피어나던 굴뚝 연기 따라
먼저 하늘로 가신 어머니

딸자식들 여기 와 가슴에 묻은 슬픔
폭포수처럼 피눈물 흘리고 가더이다

살아 계실 때 못 해드린 걸
땅이 꺼져라
후회하면서.

폭포가 전하는 말 5

가족

우리 폭포와 함께 사는
가족입니다

비비추, 진달래, 싸리꽃, 누리장꽃,
벚꽃, 원추리꽃, 물봉선꽃, 사위질빵,
참새, 딱따구리, 구렁이, 개구리, 다람쥐…

내 피 하나 섞이지 않았어도
우리는 한 번도 싸우지 않고
오순도순 함께 잘 살아가지요.

폭포가 전하는 말 6

곳감 찬가

고욤나무 접을 붙여
조선시대, 왜정시대, 전쟁시대 죄다 겪고
구곡간장 애간장이 골골짝에 배여들어
별을 먹고 달을 먹고 이슬 먹고 자라난 감
붉디붉은 홍시감에 다디단 꿀맛 곳감

서산마루 한 세월을 등짐으로 날라다가
모진 세월 감칼로다 도려내고 깎아내어
눈꽃 같은 분꽃 송이 새하얗게 피어날 때

할매 한 입 할배 한 입
엄니 한 입 아배 한 입
다디단 꿀 곳감이 사르르 녹는구나
인생길도 다디달게 감쪽같이 살아보세.

. . .

인생길도 다디달게
감쪽같이 살아보세

폭포가 전하는 말 7

땅콩

농부의 심줄 마디마디 배인 땀방울 사연들
무슨 한 그리도 많았는지
몇 날 며칠 세지도 못할 주머니를
주렁주렁 매달고서 땅 밖 세상에
머리째 뽑혀 나왔네

메기수염 노숙자의 깡소주에도
사탕발림 넥타이의 허세 술에도
비행기 내 콧날 세운 년 주전부리 입술에도

지하철 바닥에서
수천 질곡 하늘까지 팔려 나간
모질고 버거운 그 길을
아, 땅콩, 땅의 콩들아, 이 땅의 사연들아

아가리에 오독오독 씹혀 나간 삶들이여

살과 피를 먹고 자란
저 실핏줄 날선 사연들을 키워보았는가

뽑아보았는가, 뽑혀보았는가

농부는 이 땅에 다시 땅콩을 심을 것이다.

시인의 마을

동상
이몽 東上二夢

6부

마을이
시詩 시柿로 물들다

여산재餘山齋의 노래

국중하 | 학동, 여산재

날씨와 계절 따라 별유천지로 느껴지는 신비로운 수만리
학동에서 다자미로 가는 길가의 산중 공간 여산재

대부산(601.7m) 중봉에 살포시 걸터 앉은
구름이 여릿여릿 손짓하고
계곡을 따라 흐르는 물줄기 소리 끊임이 없다

고적한 듯 아름답고, 외로운 듯 여운 짙고
쓸쓸한 듯 평화스러운 이곳 여산재

산과 물과 신선한 숲속 바람이 한몸이 되는 곳
자연의 일부분처럼 섞이어 조화로운 여산재

산길 따라 절경 따라 아름다운 대아호가 감아 돌고
대아호의 발원지 원등산(713m)이 받쳐주고
마애석불이 앞에 서서 지켜주는 이곳 여산재

풍족하고 넉넉한 사람들

모두 모여드는 깊은 산속 고운 자연의 집
자연과 자연이 만나 자연스러운 행복의 집
새소리, 물소리, 글 읽는 소리, 북 치는 소리가
어우러져 노래하는 집
꽃들의 춤이, 바람의 노래가 두고두고 멈추어 가는 집

예술이며 문학이며 꿈의 궁전을 짓고
꿈나래를 펴는 낙토樂土이어라.

여산재

국중하

외로운 듯 호젓하고
적적한 듯 평온 넘치는
깊은 산속 너른 터전
원등산 청정수 흘러
여산재 감돌아 대아저수지로 든다

바람결 지순해라
꽃들도 방실방실
어린 새들 편백나무 품에 들고
닭들이 홰를 치고
강아지들이 꼬리 친다

사방 벗들이
노래하고 북 치고
아스라이 풍류로 아취雅趣로
옛날 옛적을 이어낸다

꿈 나래 한가득
곱고 정겨운
여산재!

　오래전 김해 김씨 몇 분이 정착하여 계곡에서 학이 나는 모습을 보고 이름
지었다는 학동마을, 그곳 심산에 여산재가 있다. 400여 년 수령의 느티나무
와 아름드리 나무들이 긴 역사를 말해준다. 110여 년 전에 미국 선교사가 이
곳을 찾아 학동교회를 지으면서부터 오랜 기독교 역사가 이는 마을로도 유명
하다. 또한 농촌진흥청으로부터 농촌건강장수마을로 선정되었고, 진상품인
고종시 곶감과 친환경 청국장, 된장 마을로도 명성을 떨치고 있다. 고종시 마
실길은 위봉산성을 출발해 송곳재-시향정 전망대-다자미마을-학동산을 마
주한 여산재-학동마을-해발 602m 대부산재-거인마을까지 18km이다.

고향의 가을

김기화 | 황조

다랑논배미 황금물결 일렁이는
산골짝에도
논밭 가에도
가지마다 휘어진
내 고향 빛깔

굽이굽이 굽이쳐
산빛 붉은 대아호, 동상호,
곶감 주렁주렁 익어가는
사봉리, 신월리, 수만리, 대아리

정겨운 집집마다
향기로워라!
평화로워라!

소쩍새 소쩍소쩍
붉은 피 쏟아 놓은

앞산 뒷산이 활활 타네
내 고향 동상면 산골이 활활 타네.

산 너머 고향 길

김기화

땡볕에 엎드려 김을 매던 엄마에게
밥 달라고 졸라대던
집안 산자락 밭머리 외딴 주막집을 지나
수리덤 골짜기로 올라채면 금남정맥 산등성이로
먼동이 터 오르는 황새목재 있어

동당양지뜸을 지나고 개락골을 지나서
웃대우 골짜기 된비알을 올라채면
형수 시집올 때 꽃신 신고
걸어 넘어온 심배낭재 있어

할아버지 등에 업혀 산책에 나섰던
내 생애 최초의 산책길 뒤꼍 오솔길을 지나서
낙타 등 같은 산 너머로
사발통문 넘나들던 장구목재 있어

6·25 동란 때 피난 보따리
새벽같이 숨죽이며 기어오른

지는 해도 숨이 차서
얼굴 붉어지는 한적골재 있어

첫닭이 홰치면 곶감 짐 짊어지고
샛별도 한 짐 짊어지고
전주 남부시장 육십 리 길을 나선 아버지
굽이굽이 첫 눈길 내며 넘던 밤티재 있어

그러나 인제는
뻥 뚫린 아스팔트 길에 모두 쫓겨나
나무들이 우거진 숲속에 잠든 길

눈 감으면 활동사진처럼 떠오르는
물레방앗간 처마 끝으로
필통 딸그락거리며 오가던 꿈길 있어

거기 양팔 벌리면
산머리가 손에 잡힐 것만 같은
금남정맥 열두 폭 병풍을 치고 있는
내 고향 꾀꼬리 동네 황조리黃鳥里 있어.

김기화 시인의 고향은 동상면 사봉리 시평(황조리)으로 시집 『고맙다』에
수록된 시.

고향 소리

김기화

'꿜~ 꿜~'
진달래꽃 산벚꽃 붉은 산골
까투리와 정분난 장끼 사랑 찾는 소리만이 아니다

'음매 음매'
언덕배기 게으른 어미 소 애터지게
송아지 부르는 소리만이 아니다

'소쩍~ 소쩍~'
밤마다 앞산 허리 자지러지던
소쩍새 울음소리만이 아니다

'뿌으우~ 뿌으우~'
부슬부슬 부슬비 내리는 산골
산 넘어오던 힘겨운 기적 소리만이 아니다

'이랴! 이랴!'
허기진 다랑논배미에서 가난을 갈아엎던

아버지 쟁기질 소리만이 아니다

'찰칵 찰칵'
눈 내리는 한밤을 촘촘히 짜 내리던
어머니 바디 소리만이 아니다

'쿵 딱딱 쿵 딱딱'
콧노래 흥얼거리며 산판길 오르내리던
소년 작대기 장단 소리만이 아니다

'숯 강아지~ 숯 강아지~'
이웃 동네 또래 아이들 깃발도 없이 산에 올라
손나팔 불어대던 산울림만이 아니다

반딧불 반짝이고 연둣빛 싹틔우던
산 너머 산골 동상면 황조마을 고향 소리는…

그곳

이노성 | 신사봉

자그마한 초가집이 있다
이제 내 눈에는 없는
가슴에만 남아 있는 곳
검정 무쇠 문고리가 보이고 있다
아리아리한 호롱불이 꺼지지 않고 지킨다

툼부덩 툼부덩 물장구치던 동네 포浦
내 어린 해맑은 영혼이
미역 감고 놀던 이승의 천국

앞산 뒷산엔 이름 모를 꽃 피고 지는
봄여름가을겨울 갔다가 다시 오는
온갖 산새 노랫소리 들리던 그곳

도래멍석 목침 베고 누워 별밤 문을 열면
별들이 반짝반짝 아롱이는
매미가 아버지의 옛날얘기를 듣던 곳

내 가슴에 남아 잊혀지지 않는 곳
항상 나에게 손짓하는 그곳이여.

이노성 시인은 고향이 동상면 사봉리 신사봉으로, 『고향에 그리움을 묻다』에
수록된 시.

고향에 그리움을 묻다

이노성

내 어릴 적 고향 우리집 앞
실개천에 두고 온 봄눈 녹는 소리
얼음 사이사이로 아스라이 들려요

내 어릴 적 고향 우리집 앞
또랑가에 심고 온 찔레꽃 환하게
웃는 모습, 모습이 보여요

내 어릴 적 고향 우리집 앞
개울가 자갈밭에 놓아둔 돌걸상이
아롱아롱 그리움에 젖어요

내 어릴 적 고향 우리집 앞
밤나무에 걸고 온 쏙독새 소리가
쏙, 쏙, 쏙 귓전에 맴돌아요

내 어릴 적 고향의 오막살이 우리집

고향을 떠나올 때 묻어둔 그리움
봄만 오면 새록새록 솟아나요.

이노성 시인의 『고향에 그리움을 묻다』에 수록된 시.

. . .

눈 내린 대아호

사진 | 황재남

꽃집 풍경

이노성

꽃들의 집에는 아름다운 숨소리가 살고 있다
모두 네 식구
눈웃음치는 꽃, 피는 꽃, 지는 꽃, 웃는 꽃,
북풍한설에는 가만히 숨을 죽인다
엎드려 냄새도 없이 잠에 빠져 꿈속이다
흙 이불 덮고서
눈보라가 놀자며 깨워보지만
바람만 휘파람 불며 지나간다

꽃집은 거품이 일고 있는 물속이다
소소리바람이 불어오면
아름다운 지구별
천둥 소리가 숨을 죽인다
깨어질 듯 웃고 있는 흙
꽃들이 기지개를 편다

소리 없는 눈웃음으로 서로를 바라본다
그러다 그만

고요가 참고 참던 웃음을 터뜨리는데
개나리꽃 쟁끼웃음
황금빛으로 자지러지고 …

이노성 시인의 『고향에 그리움을 묻다』에 수록된 시.

그리운 연석산

배학기 | 묵계

내 친구
오소리, 담비, 너구리, 부엉이
코 대고 살던 곳

등지고 떠난 그리움
싸리나무 숲 암반석은 지금쯤
무슨 생각에 잠겨 있을까

사통구름에 달 가듯이
그리움 애써 숨기며
기다리던 나의 어머니

영롱한 이슬 머금고
아기자기한 꿈 꾸는 싸리꽃
그리움 겹겹이 쌓인 연석산이여.

* 배학기 시집 『그리운 연석산』에서, 연석산 시비 내용.
* 연석硯石 배학기 시인은 현재 시흥시에서 '학전문학관'을 운영하며 문학인
  양성을 위해 '찾아가는 예술학교'를 열고 있다.

...

싸리나무 숲 암반석은 지금쯤
무슨 생각에 잠겨 있을까

감골 풍경

배학기

깊고 깊은 산골,
그곳엔 누더기 옷처럼
늙은 감나무가 기암괴석이
너부러져 있고
주렁주렁 홍시감은
누구를 기다리는지
토끼 눈을 뜨고 있었다

폐가 지붕 위에
주렁주렁 매달린 감은
자식을 기다리다 지친
어머니의 그리움처럼 열려 있다

모두가 떠나간 감골마을엔
무관심만큼이나 작아진 감 알들이
고목나무 가지에 매달려
울고 있었다.

사진 | 故 이기선

마중물 사랑

배학기

우리 모두는
삶의 마중물을 따라
세상을 헤엄쳐 나가고 있나니
보이지도 않고
표가 나지 않아도
마중물은
우리 곁에 산소처럼
귀하고 소중한 손을 내민다

마중물이 없다면
지하에 흐르는 생명수를
어떻게 얻을 것이며
나에게 네가
너에게 내가 없다면
이 세상
어떻게 살아가리오
오! 만나 같은

마중물이여
세상 곳곳에
사랑으로 흘러넘쳐라.

꿈꾸는 집

배학기

양지바른 언덕에
조가비 같은 서너 칸의 집이면 족하겠습니다

뒤꼍엔 숲이 우거지고
이름 모를 새들이 모여들어
사랑을 노래하며

앞내엔 피라미가 숨바꼭질하며 노니는
사철 맑은 물이 돌돌대며 흐르는 곳

그곳엔 철 따라 꽃 피고
산색山色도 날마다 달라
산수화를 걸어두지 않아도 좋은 꽃밭

때맞춰 산비둘기, 산꿩이 울어주고
멈춘 듯 흘러가는 구름이
산정을 쓰다듬고 가는 곳

주름살 늘어가는
아내의 소박한 미소가
새록새록 정겨운 집.

농부는 등이 먼저 젖는다

김용만 | 입석

새벽부터 비가 내렸다
게으른 놈 놀기 좋게

아침 일찍 뒤란 배추밭 퇴비 넣었다
배고파본 놈이 배고픔을 아는 법
골고루 한 줌씩 주었다
싱싱하게 속 차라고

배추밭은 늘 엎드려 있다
물을 받기 위해서다
햇빛과 바람 골고루 받기 위해서다
내가 채소에 비닐 멀칭을
씌우지 않는 이유다
살다 보면 발등에 불날 일 있고
이웃에게 달려갈 일 있고
발가락 가려울 때 있으므로
엎드려 본 놈이
등 뜨거운 줄 안다

허리 아픈 줄 안다
내 뿌리는 언제나 땅에 있으므로

나뭇잎에 빗방울 드는 소리 또렷하다
배는 땀에 젖고 등짝은 비에 젖었다.

김용만 시인은 입석마을에 귀촌, 텃밭에 시詩를 심고 있다.

시인네 배추밭

김용만

시인네 배추밭 고랑은 굽고 삐딱해야 좋다

밭 가상은 항상 던질 수 있는
돌멩이를 쌓아둬야 한다.

채송화

김용만

비바람 불고

태풍이 온다

걱정 마

난 쓰러질 게 없잖아.

그리운 것들은 땅에 묻을 일이다

김용만

뒤란 빈터 밭
쪽파와 무씨를 심었다
폭염이지만 진한 땀 맛을 보고 싶었다
돌은 돌이라 반갑고
흙은 흙이라 반갑다
밭이 아홉 개
오늘 또 하나 늘렸다
이제 열 개다
게으른 놈은 밭이 줄고
부지런한 놈은 밭이 는다
사서 고생이다
나는 또 몇 날
뒤란 밭을 오르내리며
가지런한 새싹을 기다릴 것이다
쪽쪽 올라올
이 얼마나 땅을 칠
확실한 사랑인가

그리운 것들은 땅에 묻을 일이다.

...

돌은 돌이라 반갑고
흙은 흙이라 반갑다

늦가을

김용만

학동마을 지나
다자미마을까지
깐닥깐닥 걸어갔습니다
빈 마을 같은
심심한 산불 감시원만 만나고
돌아왔습니다
빈 저 고샅 누구라도
사람이 그리웠던
쓸쓸한 당산나무 아래
햇살 좋은 늦가을이었습니다.

가을 편지

김용만

뒤란 감나무가 보낸 감잎 한 장
가을엔
아픔도 고운 무늬가 되는구나

내 아픔도
네 상처도 저와 같기를.

호미

김용만

겨울 풀도 안 나고
새도 안 오고 허전하고 막 그런다
어서 빨리 풀도 나고 잎도 나면 좋겠다

심심한 헛간에 호미
봄을 묻는다

찬 겨울 새들은
어디서 울음을 참느냐고

푸른 꿈을 꾸느냐고.

시인의 정원

뒷담에는 층꽃나무, 백리향, 등심붓꽃, 붉나무, 이질풀, 호박꽃 석류풀들이 자라고 앞마당에는 맨드라미, 채송화, 민들레, 봉숭아가 근심 하나 없이 피고 있습니다. 길가 개울은 가을을 재촉하는 코스모스, 고마리가 얼굴을 내밀었구요.

시인은 밤이면 돌담 사이 귀뚜라미, 반딧불이와 친구하고 낮이면 논두렁, 밭두렁의 농부들과 친구하고 텃밭에는 두 평, 세 평 시를 심어 수확합니다. 마당에도 시가 있고 뒤뜰에도 시가 있고 텃밭, 개울, 앞산, 뒷산, 논두렁, 밭두렁, 풀밭, 길가 어디에나 시가 열려 있는데 먹을 만큼만 시를 따고 있습니다.

"허공에 대고 글을 쓰면 무슨 소용이냐? 글솜씨로 포장되기보다 소소한 삶이 녹아나는 주민들의 일상이 담긴 시야말로 진정한 시"라는 김용만 시인은 "삶이 시이고 생활이 다 시"라고 말합니다.

김용만 시인의 집에는 텃밭, 마당, 담장 어디에나 꽃과 시가 구구절절 자란다.

출간에 부쳐

출간에 부처

가슴 한구석에 시詩 하나쯤 품고 산다

박성일 | 완주군수

　백성례 어르신의 구구절절한 사연들을 읽으며 100세 1세기의 동상의 역사를 한눈에 보는 듯하였습니다. 시를 읽는 동안 우리 어머니 아버지 세대에 겪어야 했던 아픔들이 글에 송곳처럼 가슴을 찌르는 것 같아 마음이 아팠고, 울먹였고, 감동을 받았습니다.

　어쩌면 우리 삶이 시이고 예술일지 모릅니다. 슬픔과 고통과 즐거움을 가슴 한구석에 누구나 시 한 수 묻고 살아갈지도 모릅니다.

맨날 맨날 기도혀요 / 나라가 잘되라고 기도허고 / 대통령 잘허라고 기도허고 / 정부도 잘허라고 기도허고 / 아들딸 며느리도 잘되라고 / 기도혀요.

　　　　　　　　　　　　　　　- 백성례 「100세 할머니의 기도」 전문

　어르신의 이 기도는 아침 새벽길을 나서며 어머니, 아버지가 겪었던 고난과 슬픔을 생각하며 전쟁으로 힘들었던 나라를 생각하며 이 땅에 평화와 가족의 사랑을 염원하는 마음으로 기도했으리라 생각이 됩니다.

　과거 동상면은 전국 8대 오지로 불릴 만큼 산세가 험한 곳이었습니다. 이런 환경에서 녹록치 않은 삶을 살아낸 강인한 정신으로 지역을 지켜왔고, 그 힘이 오늘 우리 세대를 지켜온 기반입니다.

만경강의 발원샘인 밤샘이 있고 무공해 청정자연이 잘 보존돼 있는 동상면은 이제 살기좋은 지역으로 꼽힙니다. 이곳에 삶터의 소소한 이야기가 살아 있고 문학과 예술이 감꽃에 물들어 피어나기를 바랍니다.

'구슬이 서 말이라도 꿰어야 보배'라는 말이 있듯이 주민들의 삶의 이야기가 글로 탄생하니 그 가치가 더욱 빛이 납니다. 현장에서 직접 구구절절한 사연을 받아 적어 글로 엮어낸 시인 면장과 동상이몽 주민들의 열정에 깊은 격려와 감사를 드립니다.

이제 동상면은 시인의 마을입니다. 주민 모두가 살아온 삶이 시꽃으로 피어나니, 그 꽃향기가 오래도록 퍼져 나가길 소망합니다.

동상면의 시詩시柿한 오도송悟道頌

김현조 | 전북시인협회 회장

"노인 한 분이 돌아가시면 마을 하나가 사라진다"는 말이 있습니다. 노인의 토막말에는 시가 되어 나오고, 그들의 뒤안길은 장편소설과 같습니다. 그들의 삶은 마을 한 곳의 무게와 공간이 고스란히 적혀 있는 역사입니다.

참 곱다 // 붉은 사과처럼 / 참 곱다 // 내 / 젊은 청춘 // 저 바닥으로 / 채운 삶 // 황혼에 그린 / 텃밭.

- 김형순 「여뀌」 전문

　어르신의 말씀은 오랜 삶의 경험과 연륜에서 깨달음을 얻은 까닭에 선사의 어록 같고 오도송悟道頌 같습니다. 저절로 숙연해집니다. 시 한 편 안 읽는다고 삶이 달라지는 건 아닙니다. 또한 세상이 달라지는 것도 없습니다. 그러나 시를 읽는 사람과 시를 읽지 않은 사람 간의 차이는 있습니다.

　풀잎에 맺힌 이슬, 무리 지어 더욱 붉은 여뀌 꽃, 나락 사이를 지나 소나무 숲으로 가는 바람, 거미줄에 걸린 이슬, 서리 맞고도 햇빛에 반짝이는 단풍잎, 흰 눈을 이고 혼자 붉은 홍시를 바라볼 수 있는 안목으로 자신의 일생을 관조하게 하는 것이 시의 가치입니다.

　동상면에 거주하는 어른들 말씀이 모여 시집으로 나왔습니다. 마을마다 찾아다니며 거주민을 만나 행정적 도움을 파악하고자 했던 정성의 결과입니다. 박병윤 면장은 시인이고 사진가이며 숲 해설가입니다. 어르신들과의 대화를 올바르게 듣고 아름답게 바라보는 안목을 갖춘 까닭에 어른들의 말씀에서 시를 발견한 것입니다. 구술하는 어르신과 다정하게 옆에 앉아 받아 적은 정성스러운 모습들이 흑백사진의 한 장면처럼 눈에 보이는 듯합니다.

　동상면은 어르신의 삶만큼이나 어려웠던 시절을 지나왔습니다. 지금은 마을마다 시인들이 거주하는 아름다운 고장이 되었습니다. 언어는 말과 글을 의미합니다. 언어에는 문화와 관습과 전통이 고스란히 담겨 있습니다. 이번에 『홍시 먹고 뱉은 말이 시가 되다』에 동상면의 역사와 변화를 담았습니다. 그리고 삶이 풍경이 되었고 풍경을 시로 만든 동상면민들의 아름다운 속삭임에 상찬하며 기분 좋은 속삭임이 오래도록 더 멀리 퍼져 나가기를 기대합니다.

『홍시 먹고 뱉은 말이 시가 되다』
출간에 부쳐
국중하 | 수필가

시詩는 체험의 문학이라고 했던가, 삶의 체험담을 담은 동상면 사람들의 주민시집 『홍시 먹고 뱉은 말이 시가 되다』 출간이 반갑기 그지없다.

동상에서 태어난 시인 면장이 어르신들을 찾아 구구절절 이야기들을 시로 빚어냈다. 삶이 예술이요, 말이 시詩가 된다며 감꽃 하나 띄우고 감물 촉촉이 들인 시를 엮어서 최초로 주민 구술시집을 만들었다. 박병윤 시인면장은 일곱 번이나 백성례 할머니를 찾아 「100세 할머니의 기도」를 끌어냈다.

맨날 맨날 기도혀요 / 나라가 잘되라고 기도허고 / 대통령 잘허라고 기도허고 / 정부도 잘허라고 기도허고 / 아들딸 며느리도 잘되라고 / 기도혀요.

내 가정, 내 자식부터 챙기기보다는 '먼저 나라를 걱정하는 바른 자세의 성품으로' 한 세기를 살아오신 백성례 할머니가 자랑스럽다.

아들 유경태 님도 어머님 시에 답이라도 하듯이 「어머니의 백 번째 생신」에 부쳐 "우리 어머니는 / 나를 아직도 애기로 바라보시고… 저 고생한 사연들 / 체기滯氣처럼 얹힌 한恨 / 삭이고 또 삭이면서 살아오신 어머니 / 언제나 맑고 고운 마음만 / 홍시감 씨처럼 / 톡톡 뱉어 내시는 울 어머니 / 어머니의 파란만장한 속마음을 / 누가 알런가"라고 썼다. 동방예의지국 모자지간의 마음을 담은 순수한 詩로서 전혀 손색이 없어 보인다.

빨치산에 희생된 주민 유족들이 지서에 찾아와 / 대성통곡을 하며 원수의 얼굴 보기를 요청하자 / 지서 정문 옆 담장 위에 잘린 목 올려놓고 / 오전 내내 분통의 손가락질을 받고 / 오후에 경찰서로 보내졌다 / 그날은 동상도 울고 / 산천도 울고 / 하늘도 울었다.

박종린·배창렬의 시 「하늘도 울었다」를 읽으면서 6·25 직후 지리산 토벌작전에 빨치산 두목 이경필을 체포하여 경찰관으로 전향시켰고 토벌대장으로 앞세워 작전에 성공했던 사건을 떠오르게 하는, 지난 시절의 아픈 역사를 말해주는 확증確證임을 알았다.

유재룡의 「호시호好柿虎」에서 "용연에서 마당목까지 산골짜기 수백 주 감나무를 / 자식농사처럼 애지중지 키워왔지… 하늘도 붉고 감도 붉고 / 인심도 붉었지."라는 표현에서 동상면 주민들의 삶은 감과 매우 밀접한 연관이 있음을 찾아볼 수 있는 대목이다.

흐르레기 돼지막골 절터골 해골바우 폭포소 / 어둠에골 구수골 오리방죽 안바랑골 / 바깥바랑골 즘터 / 금바장 / 장군봉 가족이지요.

– 김정환 「삶터」 부분

수 세기의 아픈 사연은 / 꽃대들의 잔 숲으로 덮어버리고 / 순응하며 살다 가신 우리네 / 조상님들 들꽃으로 겸손히 피어난 산.

– 김정환 「장군봉」 부분

감나무 세 주 / 곰이 사는 굴 하나 / 그 굴속에 곰들이 살았지요 / 동네 이름은 곰바위 마을 / 숲속의 쉼터는 곰바위 산장 / 그 굴속엔 작은 곰들이 살았지요 / 학교를 가며 오며 비를 피하던 곰바위 / 감을 따다 비가 오면 잠시 지게 바작 짐 내려놓고 쉬던 곰바위 / 또 가끔은 오소리, 멧토끼, 멧돼지나 새들도 살았을 곰바위.

– 길영숙 「곰바위」 부분

김정환의 「삶터」와 「장군봉」과 길영숙의 「곰바위」에서 동상의 험산 옛 8대 오지를 시로 잘 드러냈고 말미에 "내 삶터, 놀터, 싸움터이지요" 등으로 동상의 옛 모습을 가감 없이 잘 표현해준 사실성이 돋보인 시구들이다.

우리 집 강아지 미오는 / 안아달라고 멍멍멍 / 우리 집 강아지 딸기는 / 안아달라고 월월월.

- 박채언 「강아지」 전문

다섯 살배기 박채언 어린이의 옹알이 시가 눈길을 끌었다. 만경강의 발원샘이 있는 밤티마을 꿈나무체험관찰학습장 가족 어린이답다.

내 생애 / 가장 행복했던 순간은 / 바로 / 오늘입니다 / 오늘 / 하루하루 / 행복한 남편과 아이들과 이웃이 / 오늘 내 앞에 있기에 / 행복합니다.

- 송남희 「내 생애 가장 행복했던 순간」 부분

송남희의 시는 일체유심조, 긍정적인 사고로 오늘에 최선을 다하여 행복을 찾으리라는 〈동상이몽〉에 활력을 불어넣는 시가 아닐까 싶다.

세상은 / 나그네 쉼터 / 나그네 여행길 / 당신도 나그네 / 나도 나그네 / 잠시 왔다 가는 곳 / 그저 / 부끄럽지 않게 / 잘 놀고 / 잘 쉬었다 갑시다 / 인생은 / 나그넷길이라는 / 노랫말처럼.

- 강영옥 「세상은」 전문

강영옥의 「세상은」은, 귀로연歸路筵을 노래하는 시로서 마무리를 예쁘게 장식했다.

시인詩人이 나보고 / 시를 쓰란다 / 어떤 시를 써야 할지 / 이런~ 시! / 씨 없는 고종시柿.

　김초엽 동상우체국장의 「시柿」는 시인이 나에게 시詩를 쓰라 하지만 나는 동상면의 고종시柿를 쓰고 싶은 마음이라는 표현이었다. 〈동상이몽〉의 총체를 읊어낸 시이다.
　좋은 글을 쓰려면 잡학 박사가 되어야 한다던가. 숱하게 많은 삶의 경험을 익힌 동상면 사람들이다. 연석산, 운장산, 장군봉을 위시한 심산계곡 삶의 이야기를 씨 없는 고종시 감을 먹고 詩로 엮어냈다. 직관과 사색으로 어떻게 살았는지, 그들이 본 것엔 어떤 의미를 담았는지 등을 살피면서 한 편 한 편의 시가 바로 삶의 표현이자 커다란 발견임을 확인했다. 게다가 동상 사투리들이 당당하게 한몫을 하여 진솔함을 더해주어 좋았다.

마당에도 시가 있고 뒤뜰에도 시가 있고 / 텃밭 개울 앞산 뒷산 논밭두렁 풀밭 길가 어디에나 / 시가 주렁주렁 열려 있는데 / 애써 욕심 없이 참으며 먹을 만큼만 시를 따고 있습니다. // 허공에다 대고 글을 쓰면 무슨 소용인가? / 시가 글로 포장되기보다 / 시가 삶으로 포장되는 시야말로 진정한 시가 아닌가?

　구술채록 후일담으로 밝힌 「시인의 정원에서」에 나오는 김용만 시인의 메시지는 시를 쓰는 독자들에게 많은 생각거리를 던져주고 있다.
　『홍시 먹고 뱉은 말이 시가 되다』는 남녀노소, 5세 어린이부터

100세 할머니까지의 구술 시, 기성 시, 작고 시, 출향인 시까지 6부로 나누어서 엮었다. 이 한권의 책은 동상면의 역사와 삶을 해장국처럼 구수하고 따끈하게 사람들의 마음을 녹여주고 있다.

동상면 사람들이 장엄한 대자연의 풍광 속에서 자연과 인간의 삶을 축으로 하여 은밀하게 교감한 세계를 보여준다. 자연의 질서와 인생과의 친화를 보여줄 수 있는 표본인 것이다. 포근하고 순수한 마음들이다. 삶에 대한 무한한 애정이다. 계절에 따라 피고 지는 꽃과 나무, 물소리, 바람소리, 새소리, 하늘과 땅에 대한 감흥을 자신의 내면을 투사하여 그들에 대한 무한한 애정을 노래한 것이다. 소소한 삶을 시로 엮어내는 모습을 보면서 '문화도시 완주군의 저력이 이런 것이구나' 라는 생각을 다시 한 번 하게 되었다.

『홍시 먹고 뱉은 말이 시가 되다』의 시들은 자연과 인간의 삶을 융합한 대가족의 합창이기에 누구에게나 공명·공감을 자아내기에 충분한 구술 시이다. 지구촌 문학과 시인의 사랑을 듬뿍 받을 수 있기 바란다.

살 속에 박힌 모래알의 아픔을
체액으로 감싸고

윤흥길 | 소설가·대한민국예술원 회원

서부 개척시대 미국의 어느 시골 마을에 한 농부가 살고 있었다. 말이 어눌하고 동작이 굼뜨긴 하지만 심성 곱고 순박한 청년

이었다. 좀 모자라는 인물인 그에게서 깜짝 놀랄 재능이 발견되었다. 그가 깎은 목각 작품에 감탄하면서 사람들이 물었다, 어떻게 이런 아름다운 조각품을 만들 수 있었느냐고. 그러자 그가 수줍게 웃으면서 대답했다.

"저는 아무것도 한 게 없어요. 하나님이 처음부터 이 통나무 안에 아름다운 모양을 넣어두셨어요. 저는 그냥 그걸 밖으로 꺼내기만 했을 뿐이에요."

로라 잉걸스 와일더의 자전적 대하소설 『초원의 집』에 나오는 감동적인 한 대목이다.

깊은 산골 작은 고장 동상면에서 왜배기 대짜 물건이 돌출했다. 별다른 존재감 없이 살아온 촌로와 촌부들 중심으로 갑자기 시인 집단이 출현한 것이다.

손수 글로 옮기지 못해 구술 형식을 빌릴 수밖에 없었던 그 무명 시인들의 가슴속 통나무 안에 애당초 누가 그토록 영롱한 시심을 심어놓았는지 모르겠다. 어쩌면 신이나 사람의 조화가 아닌, 전쟁의 상처를 견딘 세월과 지지리도 곤궁했던 삶의 이력이 그렇게 만들었을지도 모른다. 살 속에 박힌 모래알의 아픔을 체액으로 감싸고 또 감싸는 인고와 극기의 세월 끝에 마침내 은빛 영롱한 보배를 생성한 진주조개처럼 동상면 시인들은 갖가지 간난신고를 딛고 일어서면서 얻은 인생의 깨달음과 지혜를 오랫동안 내면에서 숙성시킴으로써 스스로 시인의 경지에 들어섰을지도 모른다.

탈속한 듯 깨끗한 심성과 꾸밀 줄 모르는 감성과 도저한 애향심 위에 우리에게 친숙한 농경 언어나 토착 정서의 때때옷을 입혀놓은 시편 하나하나가 사뭇 감동적인 독후감을 안겨준다.

문화도시의 길을 열어갈 완주에서 『홍시 먹고 뱉은 말이 시가 되다』는 경사이자 가장 값진 성과물이라 아니 할 수 없다. 오래 발품 팔고 말품 팔아 어렵게 받아낸 구술을 채록하고 그것을 시로 정리하는 작업에 바친 시인 면장의 노고와 어르신들의 열정에 큰 박수를 보낸다.

동상이몽東上二夢 **시인의 마을**
홍시 먹고 뱉은 말이 시가 되다

발행일 초판 1쇄 | 2021. 5. 17

구술채록·엮은이 박병윤
지은이 강영옥 구만옥 국승구 국중하 권구연 길영숙 김금석 김기화 김명옥 김미애
　　　　김영두 김영미 김용만 김정환 김종환 故 김진갑 김초엽 김형순 김호성 나동현
　　　　박나윤 박문수 박영환 박인현 박종린 박지현 박채언 방순임 배창렬 배학기
　　　　백남인 백성례 설휴정 송남희 송은영 수만댁 심옥수 오경표 오영만 오정현
　　　　유경태 유승정 유재룡 이강현 이계옥 이귀례 이기성 이기순 이노성 이덕범
　　　　이보영 이승철 이인구 이형순 인정식 장영선 전영안 정영천 정정순 조인식
　　　　조인철 최경자 최귀호 황에스더 경로당 어르신들
편집 김기찬
사진 황재남 故 이기선

디자인 이랑
펴낸이 송은숙
펴낸곳 겨리
전화 070.8627.0672 www.gyeori.com
원고투고 gyeori_books@naver.com
등록 등록번호 제2013-000009호
인쇄 창미디어